BVT

Die Heldinnen in Keto von Waberers erotischen Geschichten gehen meist recht zielstrebig vor. Und doch wird ihnen die Erfüllung ihrer Wünsche mitunter auf ungewöhnliche Weise kredenzt, die Liebe kann überall ganz unverhofft zuschlagen. Das Ziel sind die Umwege, und jeder ist anders als gedacht. So kommen auch die Leserinnen und Leser in Keto von Waberers komischen, grotesken und ernsten Geschichten immer auf ihre Kosten.

Keto von Waberer, geboren 1942 in Augsburg, verbrachte ihre frühe Kindheit in Alpbach, Tirol, studierte Architektur in München und Mexiko. Seit 1998 hat sie einen Lehrauftrag für Creative Writing an der Hochschule für Film und Fernsehen, München. Ihre Arbeit wurde mit zahlreichen Preisen ausgezeichnet. Sie lebt heute als freie Schriftstellerin in München. Im Berliner Taschenbuchverlag sind bereits die Titel *Heuschreckenhügel*, *Der Schattenfreund*, *Schwester*, *Fischwinter* und *Blaue Wasser für eine Schlacht* erschienen.

Keto von Waberer

Die Mysterien eines Feinkostladens

Erotische Geschichten

Berliner Taschenbuch Verlag

Juni 2005
BvT Berliner Taschenbuch Verlags GmbH, Berlin
Die Erstausgabe erschien 2000 im Kiepenheuer & Witsch Verlag
Umschlaggestaltung: Nina Rothfos und Patrick Gabler, Hamburg
unter Verwendung eines Gemäldes von Christian Schad,
VG-Bildkunst, Bonn.
Gesetzt aus der Monotype Garamond durch Greiner & Reichel, Köln
Druck und Bindung: Clausen & Bosse, Leck
Printed in Germany · ISBN 3-8333-0150-3

Roughhousing

Tonight I let loose the weasel of my body
across the plantation of your body,
bird eater, mouse eater scampering across
your pale meadows on sandpaper feet.
Tonight I let my snake lips slide over you.
Tonight my domesticated paws have removed
their gloves and as pink as baby rats
they scurry nimble-footed into your dark parts …
Stephan Dobyns

Anagramm

Das Bett ist meine Zuflucht vor dem Leben

Schatten von Liebesblut, Federmund, Zeit,
zaubert mein Bett voll Fische. Stunde dem
Nebel im Zimtbad entflüchtet, Vers du, so
lebend, zerfließend im Tau vom Bett-Tuch.
Unica Zürn

INHALT

HILLA, ALLEIN ZU HAUS

So eine Schweinerei, dachte Hilla, sie kroch auf dem chinesischen Teppich herum und schleifte das schwer gewordene Frottiertuch hinter sich her. Nie mehr, nie mehr hier. Sie keuchte. Noch eine Stelle, da, direkt neben dem Biedermeier-Schränkchen. Sie rieb mit aller Kraft, suchte nach einem noch sauberen Zipfel des Handtuchs, rieb weiter.

Nie hätte sie dem ausgemergelten Kerl soviel Blut zugetraut. Ein Mann wie eine kleine braune Heuschrecke, und nun das. Gottlob kam Ewald erst übermorgen von seiner Reise zurück, bis dahin musste alles trocken und sauber sein wie immer. Nur nicht mit Reiniger drangehen, ehe alles mit Wasser ausgewaschen war. Hilla wusste Bescheid. Sie warf einen unfreundlichen Blick auf den Verursacher all ihrer Mühen. Er lag zusammengesunken in einem Kokon aus verrutschter knittriger Kleidung. Die weiße Serviette, die sie ihm um den Hals gebunden hatte wie einen Latz, war zur Seite gerutscht, durchtränkt und dunkelrot. Was hatte sie anderes erwartet? Er war so etwas wie ein Appetithappen gewesen, kein wirkliches Menü, und so hatte sie ihn auch ausgewählt, rasch und gierig, wie man sich einen Schokoladenriegel kauft, weil man nicht warten kann bis zur nächsten großen Mahlzeit. Hilla versuchte, das massige Handtuch im Wasser des Putzeimers auszuwringen, und gab dann auf. Lieber ganz weg damit, dachte sie, das Handtuch hatte ihr sowieso nie gefallen. Nächstes Mal gleich im Bad, dachte sie, aber sie wusste, wie unberechenbar solche Situationen sein konnten und wie rasch sie den Kopf verlor.

Als er mit seinem Sherryglas vor den japanischen Seidenfächern an der Wand gestanden hatte und sich zu ihr umdrehte, um sie anzulächeln, war das Messer schon in ihrer Hand gewesen.

Sie hatte ihn ausgewählt im Supermarkt, als sie seinen Hals sah: ein langer elfenbeinweißer Hals mit einem sehr beweglichen Adamsapfel. Er stand vor der Kühltruhe mit den Speiseeispackungen und trank mit zurückgelegtem Kopf aus einer Cola-Dose, die Augen geschlossen – köstlich. Hilla, vor sich den Wagen voller Obst und Gemüse, blieb stehen, ganz erregt und schwindlig von der Entrücktheit, mit der sie ihn in langen Zügen trinken sah. Sie schob sich an ihn heran und berührte mit dem Handrücken seinen Hosenlatz. Nicht fest, nur ganz zart. Seine Augen tauchten groß und rund über der Cola-Dose auf. Hilla wusste, wie sie aussah in solchen Augenblicken. Ihre Augenlider schwer, ihr Mund leicht geöffnet, ihre Haare unruhig wie gesträubtes Gefieder. Sie war eine schöne Frau, das hatten ihr alle immer gesagt, und als sie weiterging, nach einem tiefen Blick in seine Augen, gemessenen Schrittes hinter ihrem Wägelchen her und so, als wäre diese Berührung ganz zufällig geschehen, hörte sie, wie er die halbvolle Cola-Dose in die Kühltruhe fallen ließ und ihr folgte.

Er kam heran und sah zu, wie sie die Tüten auf den Rücksitz stellte, ohne ihr dabei zu helfen. Er stieg ein, sah zu, wie sie nach dem Schlüssel suchte, ihn fand. Er lächelte.

»Können wir zu dir?« fragte er, und seine Stimme klang erstaunlich ruhig, so als werde er jeden Tag von einer schönen Frau im Supermarkt eingepackt und mitgenommen. Hilla fuhr los.

Er war Professor für Politische Wissenschaften gewesen, nun aber arbeitslos, das erzählte er ihr auf dem Weg durch die Pappelallee. Er versuchte, seine Hand unter ihren Hintern zu schieben, aber sie rückte zur Seite. Sein Gesicht gefiel ihr nicht, es hatte etwas Mausiges und doch Unverschämtes. Schon merkte sie, wie die Spannung sie verließ, schon fing sie an, die prickelnde Neugier zu verlieren, aber er legte den Kopf zurück und schloss die Augen und zitierte Vergil. Sein heller Hals stieg leuchtend aus dem Hemdkragen. Sie hätte ihn leicht berühren können.

Hilla, für die es schwer war, ihre Augen auf der Straße zu halten, fühlte die Lust wie einen Schwarm goldener Ameisen von ihren Zehen heraufwimmeln, über ihre Knie und in ihren Schoß.

Sie führte ihn durch die Gartentür in die Küche.

»Was zu trinken?« fragte er nachlässig und schlenderte vor den Messingtöpfen auf und ab, die an der Wand hingen, drehte an den Knöpfen des Grills. »Hier auf dem Küchentisch?« fragte er und lachte.

Hilla hielt ihm ein Sherryglas hin und schlüpfte aus ihren hohen Schuhen. Sie umarmte ihn und legte ihr Gesicht an seinen Hals. Sie hörte es glucksen, als er trank, sie fühlte an ihrer Backe das Blut in seiner Schlagader pulsen.

»Hier, genau hier«, flüsterte sie und hob ihren Rock. Darunter trug sie nie etwas.

Sie hasste und liebte sich in diesem Augenblick, wie immer, wenn es sie überkam, hasste und liebte sie sich gleichermaßen unbändig. Es trug sie fort; süß und schmerzlich bekannt. Sie konnte sich kaum aufrecht halten vor Verlangen und hatte Mühe, nicht zu wimmern vor Ungeduld und Sehnsucht. Der schäbige kleine Professor, der ihr solche Pein verursachte, ahnte nicht, dass sie am liebsten niedergekniet wäre, um ihn anzubeten. Die Macht seiner Willkür füllte die ganze Küche und schoss in kleinen Blitzen von allen gewölbten Topfbäuchen. Der Marmorboden glühte und schmolz.

»Hast es eilig!« seine Hand, unerträglich langsam und gleichgültig, umrundete ihren Bauch, glitschte über ihre Schenkel, schob sich in ihr Haar. »Oh!« er stellte sein Glas ab, ganz ruhig, das sollte er ihr später büßen.

Er wollte sie küssen, aber sie hatte sich an seinem Hals festgesaugt und zerrte an seiner Hose. Eine tödliche Krankheit war sie und steckte ihn an, das konnte sie fühlen. Sein Herz hämmerte gegen ihre Brust, sein Atem pfiff an ihrer Schläfe vorbei. Nun war er da, nun war er bereit, nun hatte sie ihn. Sie fielen auf den Boden, es tat nicht weh. Hilla, mit dem Gefühl, ihre letzten Atemzüge zu tun, rang nach Luft, die Augen auf seine Kehle gerichtet. Er war es, er war es wieder, wie immer, der Meister über Leben und Tod. Er war es, der sie erretten konnte oder vernichten. Er bemerkte nichts von ihrer Panik, blieb unberührt von ihrer heiligen Ekstase, flüsterte ekelhafte Worte, roch nach Zigarettenrauch, sprühte Speichel, aber all das nahm Hilla nur nebenbei wahr, ohne aus ihrer Raserei zu erwachen. Viel zu gewalttätig war ihr Verlangen nach ihm. Sie wollte erlöst werden. Rasch, ehe es zu spät war.

Er war gnädig. Er öffnete den Mund und zischte: »Komm!« Ein Gott, der neues Leben erschafft. Hilla gehorchte ihm aufs Wort.

Noch während sie nach dem Messer tastete, entkam er ihr ins Wohnzimmer. Darauf war sie nicht vorbereitet gewesen. Sie hatte über ihn weg nach dem halbvollen Sherryglas gegriffen, halbblind und taumelig noch, wenn auch schon aufrecht.

Er, ungerührt und mit geordneten Kleidern, war neben ihr weggetaucht. Sie stolperte gegen den Eisschrank.

Als sie durch die Tür trat, das Messer hinter ihrem Rücken verborgen, hatte sie sich wieder einigermaßen gefasst.

Sie sah einen schmächtigen Mann mitten auf dem blaßgelben Teppich stehen, einen Mann, der hier nichts zu suchen hatte, der eingedrungen war in ihren Traum, in ihr Leben, in ihre Wohnung. Sollte sie ihn schonen? Warum ihn? Und dann drehte er sich um und lächelte sie an.

Sie schob die Schubkarre durch die Flügeltür ins Zimmer und lud ihn auf. Was war er schon, ein Bündel Knochen, Fleisch, Haut und Kleider. Er hatte sich nicht gewehrt, war nur kaum merklich zurückgewichen, als sie auf ihn zukam. Sein Lächeln verschwand. Das Messer hinter ihrem Rücken, sie hielt es nicht fest, sondern zart wie eine Blütendolde. Sie fasste ihm ins Stirnhaar und bog sanft seinen Kopf zurück. Nun lächelte er wieder, schloss die Augen, öffnete leicht den Mund. Sein Adamsapfel, der stieg und sich senkte unter der bleichen Haut. Die gespannten Sehnen. Da erlaubte sie dem Messer, fest zu werden in ihrer Hand. Sie setzte es an und zog es durch, eine rasche anmutige Kurve.

An der Mauer begrub sie ihn neben dem jungen Mann, der für den Ottern-Fonds gesammelt hatte. Seine Brustwarzen waren haselnussbraun gewesen und groß wie bei einer Frau. Er hatte in ihrer Badewanne gesessen, und Seifenschaum hatte in seinen Augen gestanden, als sie mit ihm fertig war. Ein schöner kraftstrotzender Körper mit gespannter Haut. Sie war, als sie ihn weggeräumt hatte, noch einmal in die Wanne gestiegen und war dort lange versonnen liegengeblieben. Die Schlieren, die von seinen Fingern zurückgeblieben waren auf den türkisen Kacheln, hatte sie erst abgewaschen als Ewald vom Flugplatz anrief. Später hatte sie Musik gehört, Prokofjew, und es hatte zu regnen begonnen, leise und stetig. Sie erinnerte sich noch genau daran.

An diesem Abend hörte sie Brahms. Sie lag auf dem Sofa, die Glieder gelöst nach dem Bad. Sie schnitt sich die Fingernägel und tauchte die Weißbrotscheiben in die warme Milch. Sie war in jener wohligen schläfrigen Stimmung, die sie immer überkam, wenn sie das Gleichgewicht des Lebens wiederhergestellt hatte und die nächsten Tage sich vor ihr ausbreiteten, unschuldig und still wie frisch gemähte Wiesen. Hatte er ihr nicht die Kehle dargeboten im Supermarkt und sie zu dem getrieben, was dann geschah – mit ihr geschah? War es denn rechtens, dass ein Wesen über ein anderes solche Macht ausübte, ohne dafür zu büßen? Nicht bei ihr, nicht in Hillas Welt. Dort herrschte Gerechtigkeit. Sie lächelte und streckte sich, als sie an den Mann aus dem Segelclub dachte, diesen spröden Mann, Vater von vier Kindern und eine Säule der Gesellschaft. Sein Haar – er musste es wohl jeden Morgen mit dem Fön zurechtkämmen – roch nach Sandelhölzern. Sie hatte es ihm abgesengt. Seine Augen, die sich röteten von der Anstrengung zu sprechen, zu schreien – in seinem Mund steckte ein Unterhemd von ihr –, die braunen Hände, so blass, weil sie die Fesseln zu eng geschnürt hatte. Und wie hatte sie anfangs danach gelechzt, von diesen Händen berührt zu werden.

Ihm hatte sie ein ganzes Wochenende gewidmet. Ewald rief an aus der Schweiz. Sie hatte kaum mit ihm sprechen können vor Aufregung, und ihr Leibeigener hatte sich fast freigekämpft, als sie wieder bei ihm war. Monatelang hatte er sie leiden lassen. Was war da schon ein Wochenende.

Sie erlaubte sich nicht, weiter zu schwelgen, aus Furcht, den Frieden des Abends zu zerstören. Ihre Trägheit und Erschöpfung schienen kostbarer als jede triumphale Erinnerung.

Ewald rief an, als sie zu Bett gehen wollte. Sie stand im langen Nachthemd vor dem Spiegel und sah sich in die Augen, während sie mit ihm sprach.

Wie immer fragte er, ob seine kleine Frau sich nach ihm sehne, sich allein fühle und übermorgen das Bett gut anwärmen wolle, wenn ihr geliebter Mann zurückkehre. Sie versprach ihm alles.

Sie ging noch mal ein Stündchen ins Wohnzimmer und fönte den Teppich.

Frau Swoboda, die schöne Witwe, arbeitete im Feinkostladen.

Sie stand hinter der Theke und trug ein glänzendes mokkabraunes Schürzenkleid mit einem kleinen Spitzenlätzchen über Brust und Bauch. Vor ihr auf den Marmorplatten lagen, von einem klaren Häutchen aus Gelee umgeben, Köstlichkeiten aufgereiht wie Juwelen. Die Lachsschnitten mit ihren Limonenscheiben und Dillpinseln, die gefüllten Eier mit ihren Kappen aus rotem Kaviar, die Rehnüsschen, die sich an Mangoschnitzen rieben. All das versetzte Frau Swoboda den ganzen Tag in eine leichte Erregung.

Früher hatte sie Obst abgewogen, in einem eiskalten Eckladen, in dem es nach welkem Kohl und Speck roch. Sie hatte sich verbessert, und jeden Morgen, wenn sie die neuen Tabletts entgegennahm, die aus der Küche heraufgetragen wurden, und ihre Pretiosen liebevoll für das Auge der Kunden dekorierte, dankte sie ihrem Schicksal und seufzte genüsslich. Den ganzen angenehmen Tag über konnte sie vergessen, dass ihr Schicksal einen Namen hatte, Herr Werner hieß und hinter der Weintheke stand. Herr Werner war es gewesen, der sie entdeckt hatte, wie er es nannte, und dem sie ihren Platz hinter der Leckereientheke verdankte. Er war damals ihr Kunde gewesen, und sie hatte ihm mit roten Händen manche Tüte Kartoffeln und Tomaten abgewogen. Frau Swoboda war ihm dankbar, und doch überkam sie gelegentlich eine leichte Ungeduld, wenn sie seinen runden Kopf mit den blitzenden Brillengläsern vor den Weinregalen schweben sah wie einen bleichen Mond. Wie nur war sie in diese Verlobung geraten, wie in die enge plüschige Wohnung, in der Herr Werner mit ihr hauste?

Natürlich durfte niemand im Laden davon wissen, und er verriet sich auch nie – weder mit einem Blick noch mit einer Geste. Das fiel ihm schwer, wie er ihr abends flüsternd gestand, auf dem rotbezogenen Plüschsofa und ohne Brille. »In unserem Nest«, sagte er.

Frau Swoboda hielt sich an, die Abende zu genießen, immer stand eine gute Flasche Wein auf dem Kacheltisch, immer lag ein Paket mit kleinen Schweinereien, wie Herr Werner sie nannte, bereit, die Frau Swoboda aus der Küche erhalten hatte, von ihrer Freundin Ilse, die missratene Gebilde stets für sie zur Seite legte.

Warum sehnte sie sich an ihren Abenden gelegentlich nach dem zugigen Laden und dem engen Verschlag, in dem sie damals geschlafen hatte, auf einem Klappbett und unter einer schmucklosen weißen Wand? Hier waren alle Gegenstände gediegen. Herr Werner stammte aus gutem verarmtem Hause, das sagte er oft. Er hatte Reisen gemacht und Bücher gelesen. Frau Swoboda wunderte sich, dass sie manchmal wehmütig an ihre Vergangenheit dachte und daran, wie ihr Chef, ein Trunkenbold und Geizkragen, ihr abends auf den Hintern klatschte, wenn sie dabei war, den Rollladen herunterzulassen.

Herr Werner, und sie nannte ihn in Gedanken immer nur so, war ein kultivierter Mittvierziger, der ihr in seinem grauseidenen Kimono gegenübersaß und geduldig wartete, bis sie sich mit einem Glas Wein für die weiteren Ereignisse des Abends gestärkt hatte.

Das Telefon war leiser gestellt und die Vorhänge zugezogen.

Frau Swoboda, die die Prozedur hinter sich zu bringen gedachte, verschwand im Bad, darauf bestand Herr Werner, und so war es von Anfang an ausgemacht worden. Sie tauchte auf in einer Wolke von Wasserdampf und dem Duft von Rosenöl. Sie nahm ihm gegenüber im Sessel Platz, wie immer. Seine Augen funkelten, sonst aber war ihm nichts anzumerken. Er hielt das Händchen schon quer über den Knien und liebkoste es nachlässig. Das Händchen, ein meterlanger Stock, der in einer kindergroßen Hand mit ausgestrecktem Zeigefinger endete, hatte Herr Werner von einer Reise nach Bali mitgebracht, es wurde dort zu irgendwelchen kultischen Handlungen verwendet, die er ihr nie genauer hatte beschreiben können: »Wir machen hier unsere eigenen Rituale«, sagte er und lächelte mit gesenktem Blick.

Er legte die Platte auf, zarte Flötentöne und Bambusxylophone, ohne sie aus den Augen zu lassen, und gab ihr dann mit seinem Zepter das Zeichen. Sie erhob sich, schälte sich aus dem Bademantel und stand vor ihm, bemüht, den Bauch einzuziehen, und vor allem nicht zu kichern, denn nichts konnte ihn mehr aus dem Konzept bringen als das.

Er winkte sie heran, betrachtete sie versonnen, hob das Stöckchen und kiekste sie sacht in den Magen, nein, er tat ihr nie weh, wollte sie auch nicht kitzeln oder quälen. Er zog eine kleine Linie vom Bauch, durch das Tal des Nabels hinauf und zwischen den Brüsten hoch zum Kinn, hob es an und seufzte. Sein hölzernes Fingerchen wanderte auf ihr herum, stupste die Brüste, umrundete die braunen Knospen, verschwand in der Achselhöhle, zeichnete die Arme nach, senkte sich dann Rippe für Rippe zur Hüfte, umkreiste den Hügel des Bauches, streifte die lockigen Haare in ihrem Schoß, prüfte die Leistenfalte, schob sich zwischen ihre Schenkel, klopfte an die Knie.

Frau Swoboda konnte nicht verhindern, dass sie die Wege des Holzfingerchens erregten, sie fühlte sie wie blaue elektrische Linien, gezogen über ihr weißes Fleisch. Sie stand, die Augen geschlossen, und vergaß die falschen Perserteppiche unter ihren nackten Sohlen, die bauschigen Polstermöbel, die Ikealampen. Sie sah sich nackt im safrangelben Sand eines fernen Strandes ausgestreckt, die Gliedmaßen abgespreizt wie ein glitzernder Seestern, und ein junger, dunkelhäutiger Mann mit öligem Haar und einer langen, korallenroten Zunge zeichnete mit seinem Speichel silberne Pfade auf ihre Haut. Oder sie stand in einem hallenden Raum auf einem Holzschemel, und um sie herum war das Flüstern und Rascheln von vielen Menschen zu hören, die sie, wie sie wusste, alle ansahen. Ein weißhaariger bärtiger Maler in farbbeflecktem Mantel stand vor ihr, und sein Pinsel wanderte auf ihrem Körper herum ohne abzuirren. Sie fühlte die kühle Farbe auf ihrer Haut trocknen und an ihren Schenkeln herunterlaufen. Der alte Professor atmete schwer, und sie wusste, dass er das nicht aus Anstrengung tat, sondern weil er sie so schön fand.

Frau Swoboda war nicht eigentlich schön. Sie neigte zur Fülle, ihre Brüste waren rund und schwer wie Melonen, ihr Hintern ein paar Hände voll. »Meine Steinzeitvenus« nannte sie Herr Werner, denn er war gebildet und sein Posten im Laden machte ihn zum Gebieter der gesamten Alkoholikaabteilung. Sein Wort hatte Gewicht. Die Lehrlinge und Verkäufer hörten ehrfürchtig auf ihn.

Das Fingerchen, Herrn Werners verlängertes Fingerchen hatte nun den Ort gefunden, an dem es am Ende seines langen Umherlaufens immer zur Ruhe kam, das heißt nicht wirklich zur Ruhe, dort in der Mitte ihres kleinen Haardreiecks bohrte es sich ein und verhielt eine Weile bebend –

denn Herrn Werners Hand war nun nicht mehr allzu ruhig –, tanzte einen kleinen Tanz zum Trillern der Flöten, drang tiefer ein, zog sich zurück, schob sacht, sacht auseinander, was geschlossen war, glitschte ab, stieß wieder zu, passte sich dem Rhythmus der Xylophone an.

Frau Swoboda hatte sich durch einen Blick aus halbgeschlossenen Augen vergewissert, dass es nun bald und endlich zu Handgreiflichkeiten kommen durfte. Aus den Falten von Herrn Werners Robe hatte sich ein anderer, keineswegs hölzerner Finger, gehoben und wies unmissverständlich auf sie. Aber Geduld, noch war das erlösende Wort nicht gesprochen. Frau Swoboda, die mit ihrem flinkzüngigen Liebsten unter der Palme nun bereits ziemlich weit gekommen war – er hatte sich an ihrer rechten Brust festgesaugt und seine braunen Finger steckten tief in ihrem rötlichen Busch, der so nass war, dass er aussah wie ein dunkles Federpolster – Frau Swoboda also musste darauf achten, nicht mit den Füßen auseinanderzutreten und zu stöhnen, das war nicht erlaubt.

»Wem gehört dieses leckere Pastetchen?« fragte Herr Werner mit unsicherer Stimme, und »Mir« antwortete Frau Swoboda. »Kann ich es kaufen?« – »Ja, gerne, mein Herr« sagte Frau Swoboda. »Ist es frisch? Weich? Bekömmlich?« – »Gewiss, mein Herr.«

Nun kostete Herr Werner das Pastetchen, das war eigentlich ein Stilbruch, Frau Swoboda hätte das im Laden nie erlaubt. Aber sie kümmerte sich nicht darum. Herr Werner prüfte eingehend und kennerisch. Er machte das gut, natürlich, ein Weinkoster. Er schnalzte, schmatzte und schnurrte. »Ich nehme es«, sagte er nach einer Weile, und Frau Swoboda beeilte sich, ihm die Ware zukommen zu lassen. Einmal hatte sie gefragt, ob sie es ihm einpacken solle, aber da war er ganz aus dem Tritt gekommen. Alles musste seine Ordnung haben. Er hatte ja eigentlich auch recht, wenn jemand einpackte, dann war sie es, die ihn einpackte, und das tat sie nun.

Sie schlug das graue Zelt seines Kimonos auseinander und setzte sich auf seinen Schoß. Der Palmenstrand löste sich im Dunst auf, und sie fand sich mit dem schwarzhaarigen Metzger aus der Fleischabteilung an eine Gefriertruhe gelehnt und atemlos an ihn geklammert wie ein Affe um einen Baumstamm. Sie fühlte kaltes Email unter ihrem Hintern, und der Metzger, der nach Schinken roch, schien in ihr zu wachsen und aufzublühen, so dass sie glaubte, ihn bis in ihren Mund spüren zu können. Er hielt sie fest und atmete in ihr Gesicht, seine dunklen Augen flüssig und hämisch. »So geht's nicht zu bei dir und deinen feinen Pinkeln von der Weintheke, bei dieser Flasche«, zischte er. Die schwere Tiefkühltruhe schwankte unter seinem Ansturm. Messer rutschten vom Tisch und hüpften auf dem Boden herum. Er kam keinen Moment aus dem Takt. Und Frau Swoboda kam, willig, ihr Gesicht in Herrn Werners Brust gedrückt, der kurzatmige Worte hervorsprudelte und sie seine Göttin nannte, sein Honigpastetchen, sein Wachtelzungenragout.

»Niemand liebt sich so kultiviert wie du und ich«, sagte er später, und Frau Swoboda stimmte ihm ermattet zu.

Und obwohl sie Zärtlichkeit für ihn empfand, seit er ihr von seiner Tante Pia erzählt hatte und wie er sie immer mit einem Bambusstöckchen hatte am Rücken kratzen müssen, damals in der guten alten Zeit, als sein Papa die Villa noch nicht verspielt hatte, dachte Frau Swoboda doch jeden Abend daran, sich demnächst in der Fleischabteilung umzusehen. »Der kleine Schwarze steht auf dich«, hatte Ilse ihr zugeflüstert.

»Tante Pia buk die herrlichsten Pasteten«, sagte Herr Werner gerade und reichte ihr ein Blätterteigtörtchen aus der Tüte. »Man durfte sie erst essen, wenn sie ausgekühlt waren – lauwarm verstehst du? Und wenn sie einen vorher dabei erwischte, gab's was mit dem Stöckchen«; er kicherte, und Frau Swoboda überlegte sich, während sie genüsslich einen schweren Tropfen Ragout fin vom Kinn wischte, ob sie vielleicht ein Bambusstöckchen kaufen sollte, um das strenge Ritual ihrer Abende aufzulockern. Außerdem muss Ilse mir ein Pastetenrezept besorgen, ging es ihr durch den Kopf, aber weiter kam sie nicht. Ihr Liebster besah sie mit glitzerndem Blick, und seine Hand tastete nach dem Händchen, das zu Boden gefallen war.

Wie immer beim Frühstück kämpfte Herr Werner um seine Fassung. Frau Swoboda kannte die Art, wie er sich, wenn er frisch rasiert und in einem neuen brettsteif gestärkten Hemd aus dem Badezimmer kam, gegen sie zu verschließen suchte. Keine Berührung war erlaubt, kein schelmischer Blick. Der Abend und die Nacht wurden mit dem grauseidenen Morgenrock in den Schrank gehängt. Herr Werner rüstete sich für die Welt draußen, er rückte sich zurecht, um die Verantwortung seiner Aufgabe zu schultern. Frau Swoboda aber erfüllten diese Morgenszenen – Herr Werner am Tisch konzentriert über sein Müsli gebeugt, sein mahlenden Kiefer im Takt mit seiner Hand, die Honig in den Tee rührte – mit lasterhaftem Verlangen. Es wäre ihr lieb gewesen, wenn er einmal die Besinnung verloren und sich ohne sein Händchen auf sie gestürzt hätte. Sie wusste, dass es bei ihr nicht wirklich um fleischliches Sehnen ging, sondern um Macht. Sie wünschte sich, Herrn Werners Frühstückszurückhaltung hinwegzufegen, um selbst zu triumphieren. Im Schlafzimmer hatte er ihr einen Stuhl zugewiesen, für ihre Unterwäsche, im Schrank eine Lücke für ihre Kleider, im Bad ein Fach für ihre Fläschchen. Ihr Lämpchen hatte sie nicht aufstellen dürfen. Es gefiel ihm nicht, von ihrem Porzellanhirsch ganz zu schweigen, ein Porzellanhirsch aus ihrer Heimat. Sie saß am Tisch und räkelte sich, streckte sich, die runden Arme hoch über den Kopf erhoben, die Finger gespreizt. Sie lackierte sich die Zehennägel, den runden Fuß auf dem Beistelltischchen, den Bademantel lose gegürtet. Er war sowieso etwas knapp. Wenn sie in die Küche verschwand, fühlte sie, wie ihr Bürzel – ein Wort ihres verstorbenen Mannes – unter dem dünnen Frotteestoff bebte. Sie beugte sich tief über Herrn Werner, wenn sie ihm nachschenkte, und sah zu, dass ihr Atem sein Gesicht streifte.

Manchmal standen Schweißtropfen auf seiner Oberlippe, und nur die Tatsache, dass sie zu spät kommen würden – und er warnte sie jeden Morgen davor –, rettete ihn. Danach trennten sich ihre Wege. Herr Werner stieg in sein Auto, Frau Swoboda in die U-Bahn. Frau Swoboda kam nie zu spät.

Sie legte die gebratenen Enten auf ihr Bett aus Kresseblättern. Sie ordnete die korallenroten Hummerschwänze im Stern um das Schüsselchen mit fetter gelber Sauce. Ilse kam aus der Küche herauf, das weiße Häubchen keck über das Ohr gezogen, und hielt ihr ein Tablett mit gefüllten Eiern hin. »Na, charmanter Abend?« fragte sie und ließ ihre Augen über den blauen Fleck auf Frau Swobodas Oberarm gehen. »Und du?« fragte die und zog den Ärmel zurecht. »Das Übliche«, flüsterte Ilse und zeigte ihre kurzen breiten Zähne. Sie war mit einem Mann verheiratet, der vier Abende in der Woche im Fitnesscenter zubrachte. »Nicht alle Muskeln profitieren davon«, hatte sie Frau Swoboda einmal gestanden. Von Herrn Werner wusste sie nicht.

Der stand drüben an den kleinen Marmortischchen der Fischabteilung mit dem Weinvertreter aus Burgund. Sie hielten schöne tulpenförmige Gläser in der Hand und blätterten in einem dicken Ordner. Der Wein in den Gläsern, auberginefarben und leuchtend, brachte Frau Swoboda zum Träumen. Jemand hielt sie am Nacken und führte ihren Kopf mit sanfter Gewalt zu einem großen blitzenden Glas mit dicker roter Flüssigkeit. Ihre Lippen berührten den Rand, sie fühlte ihre Oberlippe eintauchen, warm, fast heiß schoss die Flüssigkeit in ihren Mund, es war kein Wein, es war …

Sie schreckte auf, Alfred vom Lager stand vor ihr und hielt sie am Ellbogen. Er lächelte traurig, er sah immer traurig aus, man erzählte sich, er habe eine böse Frau, die ihm das Leben schwer mache.

»Vergessen?« fragte er.

»Ach so … ach nein«, Frau Swoboda machte sich sanft von ihm los. Gemeinsam gingen sie an der Obsttheke vorbei, am Brotstand, an den Schokoladenvitrinen, Alfred sperrte die Tür zu den Lagerräumen auf, und schon umfing sie der bekannte Duft. Es war der Raum, in dem die Käse reiften, und es war die Stunde, in der es an ihr und Alfred war, den Zustand des dort wartenden Käseaufgebots zu prüfen. Alles, was sie von Käse wusste, und das war eine ganze Menge, hatte Frau Swoboda von Alfred gelernt. Sie kannte nicht nur das Land und die Region, aus der die wunderbar vielfältigen Produkte mit ihren wohlklingenden Namen kamen, sie wusste sogar die Namen bestimmter Lieferanten-Familien, in denen ein bestimmter Käse seit Generationen handgerührt und geformt wurde, etwa diese kleinen gesprenkelten Kugeln, pflaumengroß und auf Kräutern lagernd. »Ein heller Geschmack mit einer kleinen Schärfe, dabei auf seinem

Höhepunkt zartschmelzend und flaumig«, hatte Alfred gesagt.

Alfreds Finger bebten, wie immer, wenn er neben ihr die flachen rahmweißen Räder des französischen Brie berührte, die auf knisterndes Stroh gebettet waren. Er sah aus, als würde er gleich weinen, und als er den Kopf hob, sah Frau Swoboda wahrhaftig Tränen in seinen Augen. Es erschreckte sie ein bisschen, mit welcher Plötzlichkeit er sich vor ihr auf die Knie fallen ließ. Das hatte er noch nie getan. Von oben sah sie seinen dunklen Kopf mit ihr zugekehrtem Gesicht auf dem Rand ihres Schürzchens liegen, so wie die Köpfe der Spanferkel in ihrer Vitrine auf einem spitzenbesetzten Papier lagen. Aber Alfred hatte gar nichts von einem Schwein, auch nicht von einem Käse, wenn sie's recht bedachte, obgleich die fette würzige Luft um sie her ihr einige sahnigweiße Bilder verursachte, die sie rasch verscheuchte. Alfred, an ihren Schoß gedrückt, umklammerte mit den Armen ihre Beine und atmete schwer. Wer war sie, um diesem armen Mann eine Tröstung zu verweigern, deren er offensichtlich so dringend bedurfte. Behutsam schob sie die Pyramiden des Ziegenkäses aus der Auvergne, die sich hinter ihr wie ein kleiner Tempelbezirk erhoben, beiseite und stützte sich an die Tischkante.

»Was willst du, Alfred?«, flüsterte sie. Alfred, als hätte sie ihm einen Schlag verpasst, verzog das Gesicht, und Tränen quollen aus seinen fest geschlossenen Augen und hingen an seinem Schnauzbart. »Jetzt nun«, dachte Frau Swoboda.

Sie zog ihr Schürzchen unter ihm hervor, es sollte nicht verknittern, hob dann den Rock ihres Kleides und empfing Alfreds heißes Gesicht auf dem kühlen Polster ihres Bauches. Dort lag er und seufzte, seine Hände umfassten ehrfurchtsvoll ihren Hintern, so als befühle er zwei gewölbte Caccio Cavallo Käse, Ligurien, Geschmack etwas bitter und Konsistenz mit kristallinen Einsprengungen. Mehr kann ich nun nicht tun, dachte Frau Swoboda, und sie hob gedankenverloren eine kleine Pyramide auf und leckte an der Ahornasche, mit der sie bestäubt war. Alfred löste sich aus seiner Erstarrung, und seine Zunge prüfte ihren Bauchnabel und machte sich eben daran, an der Grenze des Höschens entlangzuzüngeln, während seine Hände schon dabei waren, dieses Obstakel beiseite zu räumen, als draußen vor der Tür der Ruf nach Parmaschinken laut wurde, jemand hämmerte gegen die Tür und fluchte. Alfred musste abgesperrt haben. Er kam so rasch auf die Füße, wie er vorher niedergesunken war. Er packte Frau Swoboda und bog sie in seinen Armen hierhin und dorthin, unter seinen hastigen und atemlosen Küssen. Sie taumelten gegen die Borde mit den schweigenden Käsebataillonen. Jemand hatte draußen einen Schlüssel ins Schloss gesteckt und klapperte damit herum. Alfred eilte, um die Tür zu öffnen, Frau Swoboda zog rasch alles zurecht und griff nach dem Brett mit den auserlesenen, zur Zufriedenheit gereiften Käsen. Später in der Toilette fand sie eine Scheibe Harzer Roller, der an ihrer linken Hinterbacke klebte.

Die Episode mit Alfred hatte sie mitgenommen und auf seltsame Weise aufgeweicht, ja anders konnte man es nicht nennen, sie wurde immer trauriger.

Kurz vor Ladenschluss stand plötzlich der kleine dralle Metzger aus der Fleischabteilung vor der gläsernen Barriere ihrer Vitrine, mit vor Verlegenheit zuckendem Gesicht und roten Wangen. »Frau Swoboda«, stieß er hervor und leiser dann, »Frau Ilse denkt, Sie könnten für heute abend ein paar Schinkenabfälle gebrauchen …«, seine große Hand mit den

Fingernägeln, die am Rand ein wenig blutig aussahen, lag auf der Glasplatte für das Wechselgeld.

»Heute nicht, danke …«, sagte Frau Swoboda, wie hieß er doch, ach ja. »Vielen Dank, Gregor.« Gleich tat es ihr leid. Sie hatte in seine Augen geschaut, als sie seinen Namen aussprach, und er begegnete diesem Blick so ernst und unbeirrt, als wolle er sagen: »Verstehe, heut abend nicht, aber vielleicht morgen.« Natürlich sprach er in Wirklichkeit kein Wort. Er war kein Mann des Wortes, aber ehe seine Augen von ihr abließen, ruhten sie eine Weile auf ihrem weißen Lätzchen, dabei biss er sich auf die Unterlippe, die glatt aussah, dunkelrot und ein wenig geschwollen. Als er fort war, schaute Frau Swoboda an sich herunter und entdeckte ein Blutwurstscheibchen, das an ihrer Brust klebte wie ein Schmuckstück. Was für ein Tag, dachte sie. Sie suchte Herrn Werners Blick neben der großen rebenumkränzten Champagnerflasche und wünschte inständig, seine Augen müde und sein Gesicht erschöpft finden zu können. Er aber streckte langsam den Zeigefinger der linken Hand aus und steckte ihn zwischen die Lippen, ohne noch einmal zu ihr hinzusehen. Er hatte den Finger immer noch im Mund, als sie der eiligen Dame mit dem Jägerhut 100 Gramm Fleischsalat abwog und nach der Schüssel mit der Krabbenmayonnaise griff.

Auf dem Heimweg in der U-Bahn verließ Frau Swoboda das klamme Gefühl des Tages nicht wirklich. Sie meinte, wieder im Bus zu sitzen und heimzufahren zu ihrem verstorbenen Mann, in die große kalte Wohnung seiner Eltern, in der seine alte Mutter herumsaß wie ein von einem längst ausgezogenen Mieter zurückgelassenes Möbelstück. Sie hatte ihren Mann nie geliebt oder begehrt. Er hatte sie bezaubert, damals, als er ihr den Hof machte, mit all den Dingen, die er las, mit all den Menschen, die er kannte. Frau Swoboda kam aus einem kleineren Dorf im Flachland, und ihre Eltern hatten eine Wirtschaft betrieben. Er, der erst so feurig gewesen war, der sie bestürmt hatte – zweimal hatte er die Tür des Zimmers eingedrückt –, der sie belagert hatte, nächtelang stand er vor ihrer Tür und sah zu ihrem Fenster herauf, der sie umschwärmt hatte, jeden Tag ein Brief, mit Boten, manchmal zwei. Er, der kaum essen konnte, wenn sie ihm gegenüber am Tisch saß, er … er hatte sie wie eine Beute heimgeschleppt in seine kalte Wohnung zu seinen langsam vor sich hin siechenden Eltern. Als er sie dort hatte, waren sie alle zusammen langsam erstarrt, jeder an seinem Platz, und es gab viel Platz. Frau Swoboda dachte an die große Tiefkühltruhe beim Fischer, in der vier lange steingraue Fische lagen, die beim Hin- und Herschieben ein metallenes Geräusch machten, wenn sie zusammenstießen. Aber sie war geblieben, und erst als er starb, drei Tage nach seiner armen Mama, erst da …

Frau Swoboda stieg aus und drängte sich durch die Menschen. Ganz kalt war ihr geworden, und fast freute sie sich auf Herrn Werners verschwörerisches Lächeln, wenn er ihr die Tür öffnete, und auf den heißen Tee, den er ihr brauen würde in seiner blitzblanken Küche, wenn sie ihn darum bat. Hatte sie es nicht gut getroffen mit ihm? Er war zärtlich, auf seine Weise, liebevoll, auf seine Weise, fürsorglich und rücksichtsvoll. Was war es, was sie sich wünschte, sie wusste es nicht. Wahrscheinlich war sie ein Mensch, der nie mit dem zufrieden sein konnte, was er hatte. Da waren sie wieder, die Worte ihres Mannes, du bist kalt, hatte er gesagt, du bist es, die alles um sich her erstarren macht. Unsere liebe Frau vom Schnee. So hatte er sie genannt.

Herr Werner öffnete ihr die Tür. Er trug heute seine

Wolfsmaske, das kam selten vor und hieß, dass dieser Abend in ganz andere Gefilde gehen sollte. Frau Swoboda hätte ihn küssen mögen vor Erleichterung. Er brachte sie zum Lachen und ließ sie vergessen. Sie umarmte ihn und drückte ihr Gesicht an seine Pappschnauze. Er hielt sie von sich ab und zischte undeutlich hinter der Maske: »Du sollst erschrecken, erschrecken!«. Frau Swoboda stieß einen markerschütternden Schrei aus und ließ sich von ihm in die Wohnung und den Gang entlangzerren. Im Badezimmer, hinter verschlossener Tür, lachte sie, bis ihr die Tränen kamen.

DIE GUTE TAT

Lutz sah den alten Mann schon von weitem. Er stand auf dem Gehsteig im Regen und schien auf ihn zu warten, geduldig und mit ausgebreiteten Armen. Lutz hatte gute Laune. Es war ihm eben gelungen, einen Restposten Schürzen und Topflappen günstig loszuwerden, vier große Kartons davon, Handschuhe, die geformt waren wie verquollene Hasen und Schildkröten und die man mit Klettpolstern an den dazugehörigen Schürzen festhaken konnte, rechts und links. Griffbereit. Seit Monaten hatten sie im engen Hinterzimmer seines Büros Platz weggenommen. Nun hatte Zong-Sui vom »Super-Asia« den ganzen Posten gekauft. Diese Tiere, sagte Zong-Sui, brächten Glück. Lutz hatte ihm, über seine Schale mit Wantans gebeugt, enthusiastisch zugestimmt. Der aufdringliche Geschmack des Pflaumenschnapses, mit dem sie das Geschäft begossen hatten, lag ihm noch immer auf der Zunge.

Der alte Mann, schmächtig und in einen langen grauen Mantel geknöpft, sah zu, wie Lutz näher kam, den Kopf unter der Baskenmütze vorgestreckt. »Der kriegt was«, dachte Lutz und suchte nach Kleingeld in seiner Tasche. Es gefiel ihm, wenn Bettler auf ihr Äußeres achteten. Dieser hier wirkte geradezu würdevoll. Nichts Unterwürfiges lag in seinem Blick. »Mein Herr, mein guter Herr«, sagte er, als Lutz nahe genug war. Seine Stimme, laut, kultiviert und keineswegs bittend. Lutz hob verblüfft den Kopf. Der Alte lächelte. »Sie sehen mich in einer ausweglosen Lage, mein Freund. Viola kann nicht aussteigen, und ich brauche Hilfe.« Er wies auf ein altes eierschalenfarbenes Auto, das den halben Gehsteig blockierte. »Sie sehen kräftig, ja dynamisch aus. Würden Sie mir zur Hand gehen? Es dauert nur ein paar Minuten.«

Der Regen wurde stärker, und Lutz, mit einem Mal jünger geworden durch den anerkennenden Blick des alten Mannes, versuchte durch die beschlagenen Scheiben ins Innere des Wagens zu spähen. Viola, wer mochte das sein? Ein wunderbarer Name. In seinem Kopf fügte sich eine Frauengestalt zusammen, die er sich unter solch einem Namen vorstellte: ein zartes poetisches Wesen mit Rehaugen. Aber da öffnete der Alte die Tür zum Beifahrersitz und gab den Blick frei auf eine rundköpfige, alte Frau, die dort unbeweglich saß, eingesunken wie ein nicht flügge gewordener Vogel in seinem Nest. Ein Geierküken vielleicht, aus dem grauen Pelzmantel ragte ein dünner Hals, faltig, wie plissierter Seidentaft. Lutz beugte sich vor, und der Alte sagte sehr laut an seinem Ohr: »Seien Sie nett zu ihr, sie schämt sich.« Und nun sah Lutz, dass die alte Frau Tränen auf den Wangen hatte und ein weißes Tüchlein ans Kinn drückte.

»Ach was«, sagte Lutz munter, »kommen Sie, gnädige Frau, das haben wir gleich.«

»Es sind die Knie«, rief der Alte hinter ihm. »Die Knie, die Knie. Viola, mein Liebchen, der junge Herr wird dir helfen. Er tut es gerne, nicht wahr?«

»Sehr gerne«, sagte Lutz. Er schob seinen Arm hinter den Rücken der alten Frau und versuchte, sie zur Tür hinzudrehen. Sie fiepte wie ein erschrockenes Kaninchen. »Es geht nicht«, sagte sie dann. »Es wird nicht gehen.«

Lutz atmete ihr Veilchenparfum ein und sah, dass sie gepudert war, rote Bäckchen hatte und lange falsche Wimpern. Als er sie vom Sitz zog, merkte er, dass sie nicht stehen konnte und hob sie an seine Brust wie ein Kind. Sie war schwerer, als er erwartet hatte.

»Ach, ach, nein wirklich«, sie fasste ihn erstaunlich fest um den Hals.

»Na, siehst du mein Mädchen«, rief der alte Mann hinter seinem Rücken. »Rasch die Treppe hinauf.«

Es zeigte sich, dass die beiden Alten im vierten Stock wohnten. Der alte Mann war Lutz und seiner Last immer zwei Stufen voraus, nervös blinzelnd und mit den Schlüsseln klappernd. »Wechsmann«, sagte er. »Stanislav Wechsmann, und das ist Viola Wechsmann, meine Frau seit 54 Jahren. So ist das.«

Lutz, der immer langsamer wurde und sich immer sehnlicher wünschte, die Treppenstufen nähmen ein Ende und er könnte Viola Wechsmann absetzen, hatte nicht genug Luft, um sich vorzustellen.

Der Alte führte ihn durch eine schwarze Tür in einen langen kandelabererleuchteten Gang und weiter in ein dunkles mit Möbeln vollgestopftes Zimmer. Er wies auf einen kleinen Diwan, der am Fenster stand, und Lutz setzte die alte Frau unhöflich prustend auf die Kissen nieder. Sie hielt ihn kurz mit beiden Armen fest und flüsterte ihm ins Ohr: »Ich habe Ihr Herz schlagen hören«, das brachte Lutz seltsamerweise aus dem Konzept, und er ließ sich schwer und ohne aufgefordert zu werden in einen Ledersessel fallen und rieb sich mit dem Ärmel den Schweiß von der Stirn.

Der Alte, nun im dunkelblauen Anzug und ohne Baskenmütze, stellte ein Tablett mit Teegeschirr, Gläsern und Flaschen auf einen Tisch und schob Viola zwinkernd einen Schokoladenkeks in den Mund, ehe er sie aus dem grauen Fell schälte. Auch über Lutz beugte er sich eilfertig, gab ihm zwar keinen Keks, aber knöpfte ihm den Regenmantel auf, wie ein besorgter Kammerdiener – »ganz nass, ganz nass« – und zog ihn ab wie die welk gewordenen Blätter von einem Chinakohl. »Tee kommt sofort!« rief er und bettete Violas Beine auf den Diwan, nachdem er ihr die hohen Schuhe abgestreift hatte. Lutz war froh, dass er seine anbehalten durfte.

»Ich werde mich jetzt verabschieden«, sagte er, aber Viola legte den Kopf aufs Kissen und begann leise zu schluchzen, und der Alte, als wären er und Lutz ein eingespieltes Team, das sich nach Violas Stimmungen zu richten hatte, sagte: »Das ist nicht der richtige Moment für den Abschied. Er bleibt ja noch, mein Liebchen. Schau, da sitzt er doch.« Zu Lutz gewandt, hob der Alte verstohlen und beschwichtigend die Hände und war schon aus der Tür. Irgendwo in der Wohnung pfiff ein Teekessel nach ihm.

Viola legte sich zurecht und betrachtete Lutz mit ruhigen sanften Augen, großen Augen, noch etwas gerötet von den Tränen. Sicher waren diese Augen einmal sehr schön gewesen. Ein tiefes samtiges Violett. Lutz nahm sich einen Schokoladenkeks. Beim Tee erfuhr Lutz, wie wenig Besuch die beiden Alten bekämen, dass alle Freunde schon gestorben seien, dass sie früher ein großes Haus geführt hätten, als Viola noch auftrat und Wechsmann noch seine Dozentur hatte. Er erfuhr, dass sie in Marburg gewesen waren, in Prag, in Warschau, in Stockholm, er erfuhr, was für ein Kleid Viola getragen hatte, als man sie irgendwelchen wichtigen Leuten vorstellte, die Lutz nicht kannte, und wie Wechsmann die Hosenträger vergessen hatte, als er diesen Preis erhielt, von dem Lutz noch nie gehört hatte, damals in Brünn. Überhaupt behandelten sie Lutz wie jemanden, den sie schon ihr ganzes Leben gekannt hatten, und erklärten ihm nichts und niemanden, so als wäre es selbstverständlich, dass Lutz in ihrer Welt und deren Menschen zu Hause war.

»Man möchte ja nicht, dass man mal so wird wie Södermann, nicht wahr?« und Lutz stimmte in ihr Gelächter ein.

»Jetzt klingst du aber genau wie die Takowskaja. Genau dieser höhnische Ton, Liebchen. Stimmt's nicht?« Lutz stimmte zu. Er hatte das große Glas gelblichen Likörs angenommen, das der Alte ihm mit dem Satz »Die vorletzte Flasche – wahrhaftig« aufgenötigt hatte. Der Likör war dickflüssig und schmeckte nach Pferdekümmel. Nicht unangenehm. Lutz zog seine Schuhe aus.

»Sie sind unser Engel«, sagte Viola, als Wechsmann die Lampe anmachte und einen Teller mit Käsestangen, Gewürzgurken und eingelegten Pilzen auf den Tisch schob. »Sie Engel«, und legte ihre kleine heiße Pfote auf Lutz' Hand und streichelte seinen Daumen. Lutz schaute sich nach Wechsmann um, aber der war hinausgegangen. Lutz hatte von ferne die Türglocke läuten hören, dann einen leisen Wortwechsel im Gang, Türenschlagen und Wasserrauschen.

»Jetzt muss ich aber gehen«, sagte Lutz halbherzig, denn er fühlte sich so gut wie seit langem nicht mehr. Es ist schön, andere Menschen glücklich zu machen, dachte er bescheiden. Er konnte sich nicht erinnern, dass jemand in den letzten Jahren so viel Aufhebens um ihn gemacht hätte. Seine Großmutter fiel ihm ein und wie sie Weihnachten auf seinen Besuch wartete, in ihrem Taftkleid, mit Stollen und Eierlikör und einem kleinen Geschenk, in Seidenpapier verpackt. Als habe sie seine Gedanken erraten, sagte Viola leise: »Das Beste kommt noch. Man muss Geduld haben im Leben, sonst versäumt man das Glück.«

Wechsmann trat ins Zimmer, rieb sich die Hände und sah

aus wie jemand, der eine freudige Botschaft überbringen möchte, sich aber noch Zeit lässt, um die Spannung zu erhöhen. Er tauschte einen Blick mit Viola und schenkte Lutz' Glas voll. »Herrlich ist er, die reinste Muttermilch«, sagte er und nahm einen guten Schluck aus seinem eigenen Glas. Er griff hinter sich ins Bücherregal, setzte sich zurecht, rückte die Lampe näher und las ein langes odenartiges Gedicht vor, mit weit tragender Stimme und langen wichtigen Pausen. Es war eine Übersetzung, denn manchmal hielt er inne, um einen Ausdruck in der Ursprache auszusprechen, und, nachdem er ihn genießerisch auf der Zunge gewogen hatte, traurig zu erklären, dass die Lautmalerei eben gerade bei diesem Wort in keiner anderen Sprache wiedergegeben werden könne, oder er merkte an, dass die Doppeldeutigkeit dieser Wendung in der Übersetzung verloren gehe. Das Gedicht war eine einzige und sehr detaillierte Verherrlichung des weiblichen Körpers.

Lutz fühlte sich immer ungemütlicher, und er konnte nicht genau ergründen, warum. Violas Augen lösten sich mit keinem Wimpernschlag von seinem Gesicht. So beobachtet eine Katze einen Vogel, dachte er. Wechsmann, ganz im Bann von Schenkeln, die wie »gefüllte Speicher prangten«, und Brüsten, die leuchteten »wie Doppelsterne am Nachthimmel«, schien nichts davon zu bemerken. Nach einem langen Schweigen klappte er das Buch zu, neigte in bescheidenem Stolz den Kopf und griff nach Lutz' Hand.

»Wir haben eine Überraschung für Sie, Lutz«, sagte er. Zum ersten Mal nannte er ihn beim Namen. »Kommen Sie.«

Er ließ seine Hand nicht los und führte ihn auf Zehenspitzen durch den Gang und weiter um eine Ecke und vor eine Tür. Er öffnete sie langsam und behutsam und schob Lutz in ein großes Zimmer, in dem es nach Veilchen duftete und in dem ein großes Bett stand, über dem sich ein zart durchscheinender Baldachin leise im Windhauch des offenen Fensters bewegte. In der Dämmerung schien einzig dieser Baldachin zu leuchten. Irgendwo mussten Lampen geschickt verborgen worden sein. Lutz trat neugierig näher. Er hörte, wie die Tür sich hinter ihm leise schloss, und sah, dass das himmlisch leuchtende Bett nicht leer war, wie er es erwartet hatte. In der Mitte lag eine wohlig hingestreckte Frau, nackt bis auf die blonden geringelten Haare, die über ihre Brust bis fast zum Nabel gebreitet waren. Er spähte durch den dünnen Stoff zu ihr hinunter. Sie schlief, auf dem Rücken liegend, die geöffneten Hände neben dem Gesicht wie ein Kind. Zuerst verspürte Lutz den ritterlichen Impuls, die Decke über sie zu ziehen, und er öffnete den Vorhang und beugte sich über sie, um zu prüfen, ob sie die Augen wirklich im Schlaf geschlossen hatte. Sie atmete tief und ruhig. Da stand er und überlegte, ob ihm die Alten diese Frau zugedacht hatten und ob sie Macht über sie hatten, wie ein böses Königspaar aus dem Märchen. Dann dachte er, sie wollten seine Ritterlichkeit auf die Probe stellen, dann wiederum, als er die Frau näher betrachtet und festgestellt hatte, dass sie sehr jung und überaus aufregend anzusehen war, so dass er seinen liederlichen Körper anspringen fühlte wie eine verlässliche gut geölte Maschine, ging es ihm durch den Kopf, ob er sie vielleicht aus dieser seltsamen Wohnung retten sollte und ob sie vielleicht betäubt worden war, wie ein Opfertier.

Sie machte seinem Grübeln ein Ende, öffnete die Augen und streckte die Arme nach ihm aus. »Endlich bist du gekommen, Lutz, du heißt doch Lutz? Gottlob. Endlich bist du hier. Komm, leg dich zu mir. Zieh deine Klamotten aus, mach schon.«

Es kam Lutz so vor, als klänge ihre Stimme etwas unbeteiligt. Sie legte ihre Hand auf das lockige Fellstück zwischen ihren Beinen und presste mit den Fingern der anderen eine ihrer nussbraunen Brustwarzen zusammen, als fordere sie ihn auf, einen Schluck von der köstlichen Milch zu nehmen, die dort auf ihn wartete. Ihre Brüste sahen aus, als wären sie übervoll davon. »Komm zu mir, mein Liebster, ich vergehe nach dir.« Diesmal klang ihre Stimme überzeugender, aber das war nun nicht mehr wichtig. Lutz war bereit. Das Hemd, die Hosen lagen nun auf dem Boden, er hatte Mühe, die Boxer-Shorts abzustreifen.

»Zieh diese blöden Vorhänge auf«, befahl sie ihm. »Hopp«, und als er zögerte, biss sie sich auf die Lippen vor Ungeduld, ihre Augen schimmerten fast böse.

Bei Gott, diese Frau meinte es ernst. Sie packte ihn, zog ihn zu sich herunter und presste seinen Kopf an ihren Bauch. Er fand sich mit der Nase tief in ihrem Schamhaar, ihre Schenkel an seinen Ohren, angenehm wie glatte Kopfstützen. Sie schmeckte nach Veilchenseife. »Mach!« keuchte sie. Er machte. Noch nie hatte er eine Frau dort unten mit seiner Zunge berührt, die so heftig auf seine Liebkosung reagierte. Sie bäumte sich ihm entgegen, als durchfahre sie ein Stromschlag, sie rieb sich an seinem Gesicht, als wolle sie seine Nase blank polieren. Und wie sie wimmerte! Dabei kam er immer wieder von der richtigen Stelle ab, sie rutschte außer Reichweite, aber das schien sie nicht zu kümmern. Sie stöhnte, warf sich hin und her, schlug ihre Nägel in seinen Rücken.

»Ist es so recht«, fragte er eigentlich nur, um kurz Luft zu schnappen. »Jaaa«, kreischte sie. »Iss mich auf. Mach schon!« Er machte. Sie brauchte offenbar nicht lange. Er war eigentlich gewöhnt, sich ziemlich lange abzumühen, bei diesem Geschäft, und wunderte sich, als sie aufheulte wie eine Frau, der man ein Messer in die Brust gestoßen hatte. Was für einen Zungenschlag musste er haben. Unglaublich! Aber weiter. Jetzt wollte er wirklich zur Sache kommen, aber sie ließ ihm keine Atempause. »Jetzt du!« sagte sie, rollte sich zusammen, kam auf die Knie und hockte eifrig vor ihm. Mit der Geschicklichkeit eines Taschenspielers fasste sie zu und zog ihm ein schwarzes Kondom über. Ein Geräusch, als schnalze jemand ein Gummiband über ein Bündel Bleistifte. Er hatte noch nie ein schwarzes Kondom getragen und wollte dies gerade anmerken, als das Kondom und alles in ihrem Mund verschwand. Er passte erstaunlich gut in diesen kleinen roten Mund hinein. Es musste ungeahnte Höhlen geben hinter diesen Lippen. Sonst hatten Frauen immer über Brechreiz geklagt, wenn er an ihrem Gaumen anstieß, dabei war es gerade das, was er am liebsten hatte. Er schloss die Augen und legte seine Hände auf diese blonden zerzausten Haare, die ihn am Bauch kitzelten. Sie hörte sofort auf und zischte: »Nicht die Haare!« Das klang eiskalt. Ihr Mund aber war warm. Sie war eine wahnsinnig aufregende Frau voller Überraschungen. Sie wusste, was sie da tat, dieses wunderbare Geschöpf, und sie war verrückt nach ihm. »Mad mouth«, flüsterte er hitzig. »Ja, melk mich trocken.« Er bildete sich ein, eine Stimme zu hören, die »Lauter!« rief. »Lauter! Lauter!« Er musste von Sinnen sein.

Er lachte, als er kam. Viel zu früh, aber er konnte nicht warten. Sie erlaubte ihm nicht, zu warten. Irgendwie wirkte sie überaus hektisch bei allem, was sie tat, und ihre Bewegungen waren so hastig und fahrig. Innig war sie nicht. Aber was machte das! So enthusiastisch war ihn noch keine Frau angegangen. Noch nie. Bis dahin hatte er nichts als gehemmte Frauen erlebt, Frauen, passiv und träge wie Gartenschnecken.

»Komm jetzt, ziehen wir's richtig durch«, krähte sie, es klang sehr laut, ungewohnt rau. Vielleicht mochte sie es, wenn er sich ein paar Schweinereien einfallen ließ. Er wollte sie küssen, jetzt nach diesem herrlich strahlenden Höhepunkt, aber sie wehrte ihn ab. Warf ihn in die Kissen, setzte sich auf ihn und legte seine Hände auf ihre Brust. »Pass auf die Haare auf, verdammt«, zischte sie und fing an, unter heftigem Gestöhne auf ihm herumzuruckeln, dabei war er gar nicht in ihr, weit gefehlt. Er brauchte eine Pause. Diese göttliche Frau war unersättlich, und er hatte ihr im Augenblick nichts zu bieten.

»Komm kuscheln, leg dich zu mir, hier auf meine Brust, ich fühl mich so gut«, sagte er zärtlich. Damit hatte er sonst immer Erfolg. Sie wollten doch alle immer nichts lieber, als einfach kuscheln zu können. Immer hatte er den Vorwurf bekommen, er kuschle nicht genug.

»Die da bezahlen mich nicht fürs Kuscheln«, sagte sie leise und warf ihm einen vernichtenden Blick zu. Sie beugte sich tief über ihn, aber nicht, um ihn nun doch zu küssen, wie er erwartete, sondern um zu flüstern: »Lass jetzt den Quatsch, tu einfach so, als ob er drin wäre. Mach schon.« Lutz machte. »Willst du dir einen abrubbeln an mir, du kleines geiles Biest?« flüsterte er. Etwas anderes fiel ihm nicht ein. Sie reagierte nicht. Wen meinte sie mit »die da«, war das eine Redensart, die er nicht kannte? Ein kleiner Scherz? Die jungen Leute sagten oft seltsame Sachen. Gerade glaubte er erfreut, dass sich etwas in seinem Schoß neu zu regen begann – dieser Teufelskerl hob schon wieder sein Köpfchen, das hatte es seit Jahren nicht gegeben –, gerade glaubte er, wieder mitspielen zu können, und stützte sich auf die Ellenbogen, um sich ins Geschehen einzufädeln, als die junge Frau über ihm sich ohne Vorwarnung anschickte, geradezu zu explodieren vor Wollust. Sie warf mit beiden Händen die Haare in die Luft – Haare, die er nicht hatte berühren dürfen –, ächzte, als werde sie gleich niederkommen, streckte die Zunge heraus und schüttelte sich wie in Krämpfen. Er hielt sie an den Brüsten fest, damit sie nicht fortgerissen wurde von diesem Rausch. Seltsamerweise schwitzte sie nicht, und ihre Brustwarzen waren keineswegs aufgerichtet, wie er das im »Playboy« gelesen hatte, als sicheres Zeichen für einen Orgasmus. Aber er konnte diesen Gedanken nicht bis zu Ende denken, denn gerade gab ihm seine sich windende Reiterin eine schallende Ohrfeige. »Du auch! Mach schon!« Aber diesmal schwieg Lutz beleidigt.

Sie prüfte ziemlich grob mit der Hand, was sich unter dem noch immer locker pendelnden Kondom tat, rutschte von ihm herunter und brachte ihn mit ein paar geübten Schlenkern des Handgelenks auf Vordermann. Da war er wieder, voll neuer Tatkraft und so gefräßig, als habe er gerade angefangen mit dem wunderbaren Spiel. Lutz beglückwünschte sich zu diesem überaus männlichen Appetit. Kein Wunder. So mussten Frauen sich im Bett um einen Mann bemühen, richtige Frauen, die ihre Lust ohne Scham auslebten, die einem Mann das Gefühl gaben, unerlässlich und einmalig zu sein. »Du unten!« befahl er kühn. Sie aber wandte ihm den Rücken zu, hob ihm den wunderbaren muskulösen Hintern entgegen wie einen riesigen sanft beflaumten Pfirsich. Oh, wie anbetungswürdig war doch der Körper einer liebenden Frau. Sie schwenkte diesen herrlichen Hintern vor ihm hin und her, wie ein Torero den Stier reizt mit einem roten Tuch. Das war gar nicht nötig. Er hob sich auf die Knie, fasste sie an den Hüften und hielt sie gebieterisch umklammert. Er zielte. Er wollte sie durchbohren, sie treffen, mitten hinein, mit einem einzigen Ruck. Er konnte das. Eine Frau hatte das einmal sein »gekonntes Andock-Manöver« genannt, das war auf dem Sofa vor dem Fernseher gewesen, bei einer Sendung über die Weltraumstation »Mir«. Er wollte den triumphierenden Augenblick noch etwas hinauszögern, nun, da er endlich am Ruder war. Er beugte sich über sie und umfasste ihre Brüste. Rieb sich an ihr, stupste sie spielerisch gegen ihren Hintern und küsste sie auf den Rücken. »Soll ich? Soll ich ihn reintun? Sag, dass du es willst. Sag es mir. Laut!« »Nun mach schon!« kreischte sie, aber er stellte alle Aktivitäten ein, um sie ein bisschen zappeln zu lassen, und hob grausam lächelnd den Kopf.

In diesem Augenblick sah er sie sitzen. Wechsmann und Viola. Sie saßen auf zwei Sesseln an der Wand neben dem Bett und hielten sich an den Händen. Er konnte Tränen auf Violas Wangen glitzern sehen, und auch Wechsmanns Brille glitzerte.

Später auf der Straße fragte ihn die junge Frau, ob sie ihn ein Stück mitnehmen könne. Sie trug ein weißes kurzes Kleidchen, mit winzigen Rosen bedruckt, und hatte ihre Haare aus dem Gesicht gekämmt. Lutz wünschte sich nichts weiter, als vor dieser jungen blühenden Person cool und weltgewandt zu erscheinen, die ihn lächelnd betrachtete, mit schief gelegtem Kopf.

»Sind das gute Kunden?« fragte er nachlässig, als er sich in ihren cappuccinofarbenen Twingo faltete.

»Ja«, sagte sie. »Und so liebe Menschen noch dazu. Immer bedanken sie sich bei mir. Oft kriege ich auch einen Tee. Aber sie wissen genau, was sie wollen.«

Ihre braunen Beine sahen bei Tageslicht so gesund und proper aus, dass es ihm schwer fiel, sie sich neben seinen Ohren vorzustellen. Sie steuerte geschickt aus der Parklücke und schüttelte ihre Haare. »Regnet nicht mehr«, sagte sie. »Wie finden Sie meine Haare? Hab sie mir heute morgen machen lassen, ›Hair weaving‹ nennt man das. Ist affenteuer.«

»Sonst sind sie kurz?« fragte Lutz so gelassen wie möglich. Er konnte an nichts anderes denken, als jetzt hier im Auto über sie herzufallen, vor allen Leuten. Sie an den Haaren zu packen, seine Zähne in ihre Lippen zu schlagen. Er wollte sie so hernehmen, dass ihr Hören und Sehen verging und sie um Gnade wimmerte – oder um mehr.

»Ja, ganz kurz«, sagte sie, schüttelte wieder den Kopf, warf einen Blick auf seinen Schoß und sagte: »Ein Tausender und ein Abendessen. Über Extras können wir verhandeln.«

Lutz hatte das Geld für die Topflappen in der Tasche, das traf sich gut. Zong-Sui zahlte immer bar.

GARTENFREUDEN

Der Sommer hatte Elfriede erschöpft, nicht nur die Hitze und die nachmittäglichen Gewitter, auch die zermürbenden Verhandlungen mit den kleinwüchsigen und bärtigen Gärtnern, die ihr die Firma »Erdgarten« geschickt hatte und die samt und sonders der unsinnigen Theorie anhingen, Gartenarbeit ließe sich nur nachts zur vollen Zufriedenheit erledigen. Zwar war ihr gelungen, einiges durchzusetzen bei den kleinen widerborstigen Gesellen: kein gemeinsamer Gesang beim Umgraben und Jäten, keine Balgereien nach Mondaufgang und keine Milch – sie tranken soviel Milch wie ein ganzer Kindergarten. Dennoch lag Elfriede jede Nacht unter einem brüchigen Schlafgespinst, durch das immer wieder die Geräusche, das Kichern und Trippeln aus dem Garten zu ihr drangen, sie schreckte auf und schlief wieder ein.

Es war ihr erster Sommer auf dem Lande, und sie verfluchte den Augenblick, an dem sie, die Großstädterin, zugestimmt hatte, das Häuschen zu übernehmen, das ihr ihre Tante Munne, zusammen mit einer kleinen Rente, hinterlassen hatte, aber nun war es zu spät.

Als die Gärtner ausgeblieben waren, ohne sich mit ihr abgesprochen zu haben und ohne mit den Rodungsarbeiten im hinteren Garten fertig zu sein, hatte sie zuerst aufgeatmet, hatte abends die Blumen gegossen und Schnecken von den Erdbeeren gelesen, aber bald schon musste sie entdecken, wie wenig ihr die Gartenarbeit lag und wie ungeschickt sie sich anstellte. Ihre Anrufe bei der Firma »Erdgarten« – die Adresse in Tante Munnes runder Schrift hing über dem Herd – blieben unbeantwortet, und die Leute im nahen Dorf lachten nur und schüttelten die Köpfe. Unkraut wucherte bald bis unter ihre Fenster. Vogelschwärme landeten in den Obstbäumen, Feldmäuse rannten am hellen Tag zwischen den Rotkohlköpfen hin und her, Löwenzahnsamen trieb in ihre Zimmer.

Tante Munne, die sie aus ihrem geschnitzten Nussbaumrahmen von der Küchenwand herunter betrachtete, lächelte milde. Elfriede saß am Tisch und strich Erdbeermarmelade auf Knäckebrot. In der Vorratskammer stand Glas neben Glas.

»Altes Miststück«, sagte Elfriede mit vollem Mund. Eine Fliege setzte sich auf Tante Munnes Auge, es sah aus, als zwinkere ihr die alte Dame zu.

An einem Abend, der Himmel unruhig von rasch ziehenden, zerpflückten Wolken, drückte der Wind das Küchenfenster ein und riss die Wäscheleine von der Hauswand los. Am Morgen sah Elfriede ihre Blusen und Socken im Garten verstreut herumliegen und von den Baumästen baumeln. Fluchend, den Weidenkorb auf die Hüfte gestemmt, watete sie durch Kräuter und den hoch aufgeschossenen Salat und sammelte ein, was sie erreichen konnte. Lange suchte sie nach dem roten Höschen, auf dem ›Recuerdo a Copacabana‹ stand. Sie war nie am Strand von Copacabana gewesen und würde wahrscheinlich auch nie mehr dort hingelangen. Dieser Gedanke erfüllte sie mit hilfloser Wut, und sie trat gegen die Tomatenpflanze, dass die grünen Früchte abfielen und unter ihren Sandalen zerplatzten.

Sie fand das Höschen schließlich, als sie sich schwitzend einen Weg durch Gestrüpp und verdorrte Bambuswedel gebahnt hatte, im feuchten, modrigen Dunstkreis eines riesigen

Komposthaufens, den sie, da sie bis dahin kein einziges Mal so tief in den Garten eingedrungen war, noch nie gesehen hatte. Am Abhang standen sattgrüne Blätter, aufgerichtet wie kleine Schirme, riesige Blätter, in deren flachen, haarigen Schalen sich Tau gesammelt hatte. Zuerst glaubte sie, eine rote Blüte flattere zwischen den Stängeln im Wind, dann erkannte sie den seidigen Stoff und hockte sich nieder, um das Höschen von den verschlungenen Ranken zu lösen.

Sie stellte den Korb in die Brennnesseln und beugte sich nieder, ihre Wange berührte fast das Erdreich. Sie erschrak. Sie schaute in ein Gesicht. Vor ihr, die Wange in den schwarzen Boden gedrückt wie in ein Kissen, schlief einer, ein Mann, jung, die silbrigen, geraden Wimpern lang, das Gesicht friedfertig. Seine Haut war grün und prall, das Wasser, das auf ihn tropfte aus den Blättern, die ihre Hände beiseite drückten, perlte ab und weckte ihn nicht.

Elfriede schloss die Augen und wischte über ihr eigenes Gesicht, stand auf und ließ den Wind unter ihr Kleid wehen und ihr die Haare aus dem Gesicht treiben. Aber als sie die Augen wieder öffnete, waren sie noch immer auf die Stelle gerichtet, von der sie sich gerade gelöst hatten. Da lag er, lag noch immer, und zwischen den Blättern entdeckte Elfriede nun auch einen Fuß mit schön aneinander gereihten, rundlichen Zehen, ein Knie, das glänzte wie dunkelgrüner Onyx, eine geöffnete Hand, auf der eine Schnecke saß. Sie klaubte die Schnecke gedankenverloren ab.

»Ich werde ihn ernten«, dachte sie, »wer sonst sollte das tun.« Sinnend bahnte sie sich einen Weg zurück zum Haus, holte das große Messer aus der Schublade und rückte Tante Munnes Bild gerade.

»Was sagst du dazu?« murmelte sie.

Elfriede war nie eine schöne Frau gewesen, aber die Tante hatte immer gesagt, sie würde einmal prächtig aussehen, wenn sie erst in die Jahre käme. »Wir, wir sind späte Blüher«, hatte sie gesagt, »du kommst ganz nach mir.«

Sie trennte den geriffelten Stiel aus seinen hellen Haaren, Haare wie die klebrigen Fäden an einem jungen Maiskolben. Er öffnete seine Augen, sie waren goldgelb und verwirrt. Er leckte einen Tropfen aus seinem Mundwinkel, und als Elfriede die Hände unter seine Schultern schob, um ihm aufzuhelfen, fühlte sie, dass er warm war von der Sonne und dass Erdkrumen an seinem Rücken klebten.

Elfriede, die viele Jahre kranken Leuten aus dem Bett und wieder hinein geholfen hatte, fiel es nicht schwer, ihn aufzurichten. Es zeigte sich, dass er einen Kopf kleiner war als sie, und das war gut so, denn er konnte nicht allein stehen, taumelte und griff angstvoll nach ihr und nach den Haselnussästen über sich.

Behutsam löste sie seine Finger von ihrem Haar und schob ihn zum Wäschekorb. Er war nicht schwer. Sie zerrte den Korb durch Gehölz und Kräuter dem Haus zu. Keiner von beiden sprach ein Wort, aber seine gelben Augen blickten in die ihren, als wisse er, dass er in guten Händen sei, und Elfriede, die ab und zu verschnaufte und sich den Schweiß mit dem Unterarm von der Stirn wischte, legte die Hand auf seine Brust, um ihn wissen zu lassen, dass alles liefe wie geplant. Auf seiner Brust wuchsen in Büscheln kleine, durchsichtige Borsten, die ihr in die Fingerspitzen stachen.

Sie half ihm ins Bett, wohin sonst? Er war wie ein Frischoperierter, der noch nicht ganz aus der Narkose erwacht ist. Er roch nach Melone, natürlich, und Elfriede, die nicht wusste, was sie ihm zur Stärkung eingeben sollte, versuchte es mit Bienenhonig, den er genussvoll vom Löffel saugte, wobei er sie ansah.

Elfriede war etwas benommen. Sie ging in die Küche und öffnete ein Glas mit eingelegter Gänsebrust. Sie aß hastig, an den Tisch gelehnt, und nahm dazwischen große Schlucke von Tante Munnes schwarzem Johannisbeermost. Sie hatte gar nicht bemerkt, dass es schon später Nachmittag geworden war, und das schräge Licht, das auf Tante Munnes Bild fiel, lag wie ein flirrender Streifen über der Stirn der alten Dame und veränderte sie auf seltsame Weise. Ihre schmalen Augen, Augen eines Samurais, folgten Elfriede aus der Küche.

Der Mann aus dem Garten lag mitten im Bett und schien zu schlafen. Abwesend fühlte Elfriede seinen Puls. Alles war ganz normal und so, wie es sein sollte.

Nachts, mit Erdkrümeln im Bett und in großer Wärme, die vom Körper ihres Bettgenossen ausging, fand Elfriede keinen Schlaf. Ihr Gast atmete heftig und schlingerte auf den Wellen seiner blattgrünen Träume hierhin und dorthin. Elfriede, die eben dabei war, einzunicken, erwachte von einem kühlen Luftzug und bemerkte, dass das Laken zu Boden gerutscht war. Im blauen Morgenlicht sah sie, dass bei ihrem Patienten – denn sie hatte soeben von Patienten geträumt und glaubte noch immer, das weiße Häubchen in ihrem Haar festgesteckt zu fühlen – bei ihrem Patienten also sich eine Krise anzubahnen schien. Elfriede versuchte, richtig wach zu werden, sie legte die Hand auf die Geschwulst, die nicht zu übersehen war, sich ihr entgegenreckte, untersuchte sie mit den Fingern, betastete sie nach Fremdkörpern, entdeckte keine, blies darauf, denn dass die Hitze, die sie an ihren Handflächen spürte, fiebrig war, konnte ihr keineswegs entgehen. Er wachte nicht auf, aber sie tat ihm gut. Sein Atem passte sich im Rhythmus ihren Bewegungen an, er schien sich ihr entgegenzudrängen, und sie, entschlossen, ihm Linderung zu verschaffen, betupfte die empfindliche, gespannte Haut zuerst mit Fingerspitzen voll Speichel und dann mit der Zunge. Sie hockte sich über ihn und umschloss ihn mit ihrem kühlen Mund. Die beste Kompresse, die es gibt, schoss es ihr durch den Kopf. Und so, sanft von ihrer Zunge umspielt und von ihren Atemzügen befächelt, beruhigte er sich nach einer Weile, nicht ohne ein paar kleine, trotzige Aufbäumer, die Elfriede kommen spürte und denen sie sich beherzt entgegenwarf.

Den Mund voller klebrigem Melonensaft schlief sie ein.

Elfriede hatte noch nie mit einem Mann zusammengelebt, nicht in einem Haus und nicht über viele Tage. Natürlich, da waren die Wochenenden mit Dr. Sporer gewesen – Neurochirurg, verheiratet, vier Kinder. Sie hatte ihm den Tee morgens ans Bett gebracht. Und dann die kleinen Reisen mit Holger, einem Arzneimittelvertreter aus Kempten, noch heute dachte sie an ihn, wenn sie in Apothekenauslagen die Produkte seiner Firma angepriesen sah. Der junge Referendar hatte sie heiraten wollen, ein schüchterner Brillenträger, der mit den Fingerknöcheln knackte und sie zu Weihnachten mitnahm zu seinem verwitweten Vater. Die Ente, die sie damals gebraten hatte, war viel zu klein gewesen für drei Leute.

»An allen hast du etwas auszusetzen«, ihre Mutter tat so, als habe sie schon Dutzende von Männern abgewiesen. Es kränkte sie, dass Elfriede nicht so hübsch und adrett war wie sie selbst.

»Für Elfilein muss ein Mann extra gebacken werden.« Tante Munne hatte ihr zugezwinkert. »Die braucht ein Prachtstück, etwas ganz Besonderes.«

Elfriede sah das grüne Prachtstück aus dem Badezimmer kommen. Wie ungeniert er sich nackt bewegte, wie fröhlich er war. Immer, wenn er auf sie zukam, wie gerade eben, hatte sie das Gefühl von Leben, das auf sie zuströmte, ein Gefühl wie auf der Achterbahn in dem Augenblick, wenn das Wägelchen den obersten Gipfel der Strecke erreicht hat und sich bebend bereit macht, in die Tiefe zu sausen: freier Fall, ein Kribbeln im Bauch und die Lust, zu schreien.

Es gefiel ihr, wie langsam er alles tat, was er tat, wie sparsam seine Bewegungen waren. Wie träge sein Lächeln. Er sprach nie und machte keinerlei Geräusche, auch das gefiel ihr bald über alle Maßen. Er lag einfach im Hause herum, auf dem Bett, in der Hängematte oder auf dem Sofa in der Küche. Er rührte keinen Finger, um ihr beim Kochen zu helfen oder um etwa einen schlagenden Fensterflügel festzumachen. Er aß andächtig und ohne Hast, und andächtig und ohne Hast ließ er auch seine Hände auf ihrem Körper herumgehen, wenn sie sich zu ihm legte. Sie hatte ihm die Brust rasiert mit ihrem rosa Lady-shave, sie hatte ihm die Badewanne gezeigt, das Klo, den Eisschrank. Er verstand alles sofort, vergaß nie etwas. Auch das, was sie glücklich machte, besänftigte oder erregte, vergaß er nie und wusste es einzusetzen, ohne ein Programm daraus zu machen. Am Anfang hatte sie versucht, ihn zum Sprechen zu verleiten, ihm Handzeichen beizubringen, ihn anzuziehen. Er wehrte alles ab, lächelnd und geduldig.

Seine Selbstgenügsamkeit und Faulheit hatten Elfriede zuerst etwas irritiert, aber das kam nur davon, dass sie ihn verglich, mit früheren Männern verglich, die sie, wenn sie darüber nachsann, immer halb verrückt gemacht hatten mit ihrer Geschäftigkeit, ihrer Ungeduld, ihren Ansprüchen und ihrer ewigen Unruhe, die jeden Augenblick in Aggressivität umzuschlagen vermochte, wenn sie als Gefährtin nicht Gegenmaßnahmen ergriff.

Nie störte es ihn, wenn sie bis Mittag im Bett lag und Krimis las, wenn sie in den Garten hinauslief – er ging nie hinaus – und sich im regennassen Gras rollte wie ein toller Hund, wenn sie in die Suppe spuckte, die am Überkochen war. Es störte ihn auch nicht, dass sie sich nie kämmte und oft den ganzen Tag in Unterwäsche oder im Nachthemd herumlief. Wenn er die Stoffhüllen von ihr abschälte, ihre Außenhaut sozusagen, mit beiden Händen und so behutsam, als wäre sie irgendwo angewachsen, und wenn er darunter ihren nackten Körper fand, einen Körper, den Elfriede schon lange nicht mehr im Spiegel betrachtete, verklärte sich sein Gesicht, die zarten, bronzebraunen Muster auf seiner Stirn leuchteten auf. Seine Augen öffneten sich weit, wie Blüten am Morgen. Kurz, es war, als ginge die Sonne für ihn auf, und Elfriede drückte seinen Kopf an ihre Brust und schnupperte den frischen, scharfen Geruch, der in solchen Momenten von ihm ausging.

Die Tage, wunderbar langsame Spätsommertage mit glitzernden Morgen und samtbraunen Abenden, flossen ineinander. Elfriede gab sich ihnen hin. Sie ruhte wohlig gefangen, gewiegt und getragen wie unter einem Blattbaldachin, eingesunken im warmen Erdreich ihres Bettes, öffnete an unvermuteten Stellen knittrigzarte Blüten, entblößte federweiche Staubgefäße, die alsbald betaut wurden und bestäubt. Um sie war ein stetiges Wachsen, Aufblühen und Welken. Kraftvolle

Keimlinge drängten sich an sie heran, despotisch und blindwütig, wie Keime nun einmal sind. Regen fiel auf sie nieder, sie hob sich vom Boden, ritt, ihr schön gemasertes Reittier umklammert, durch strömende Luft, der Garten, das Haus, die Felder unter ihr ein verwischtes Muster, dazwischen die wolligen Waldpolster, die Wasserläufe mit ihren Fahnen aus Schilf und Vogelrufen.

Nun war Elfriede die Natur immer fremd gewesen, nie hatte sie sich für die Gepflogenheiten der Pflanzen interessiert. In den Augenblicken der Muße wunderte sie sich über ihr plötzliches und tiefes Verständnis, über die seltsamen, gewachsenen Bilder, die sie überfluteten, über das zärtliche Erkennen, das sie überkam, wenn sie etwa draußen im Garten am Strauch die warmen, schweren Knollen der Tomaten in Händen wog oder eine Karotte aus dem Erdboden zog.

Sie war in einer Großstadt aufgewachsen, im zweiten Hinterhof eines Mietshauses, das einzige pflanzliche Erlebnis, das ihr aus ihrer Kindheit einfiel, war ein Pilz, ein Champignon, der die Teerschicht des Gehsteigs durchbrochen hatte und dabei wunderbarerweise unversehrt geblieben war.

Tante Munne beobachtete ihr Treiben nachlässig über die dichten Gartensträuße hinweg, die Elfriede in die Küche stellte – in Einmachgläsern, und über die Körbe mit kleinen, roten Äpfeln hin, die Elfriede morgens unter den Bäumen auflas und auf denen die Wespen saßen.

Als der Herbst kam, mit morgendlichen Nebeln und dem Geruch von Reisigfeuern, bemerkte Elfriede eine leise Veränderung im Wesen ihres Liebsten. Seine Bewegungen wurden noch langsamer, seine Blicke immer schläfriger. Er verdöste ganze Tage, öffnete nur die Augen, um zu essen oder sie zu umarmen, auch hatte er zugenommen, sein Hals, der sowieso nie lang oder schlank gewesen war, verschwand unmerklich, seine Gestalt füllte sich, wurde runder und schwerer. Sein Haar fiel aus. Morgens klebten die kleinen goldenen Spiralen auf dem Kissen. Er lächelte nun oft und träumerisch mit geschlossenen Augen, reglos unter den Laken zusammengerollt, und sein bittersüßer, fruchtiger Geruch tränkte das Bett.

Elfriede nahm dies alles wahr, ohne sich zu beunruhigen. Sie las in der Zeitung, dass dies ein besonders gutes Zucchinijahr sei, »Cucurbita Pepo, groß und feist wie schlachtreife Ferkel«, las sie und runzelte die Brauen.

Im Schlafzimmer ächzte das Bett, ihr Liebster fühlte sich allein gelassen, und sie legte das Blatt beiseite.

An einem gewittrigen Vormittag erwachte Elfriede verwirrt, die Arme um einen schön gewölbten Leib gewunden, in den ihre Nase eine kleine Delle gedrückt hatte. Ihre Hände glitten ab an der prallen Rundung, nichts hielt sie auf. Sie zog das Laken zur Seite und stützte sich auf den Ellbogen. Keine Arme, keine Beine und auch sonst keine gewohnte morgendliche Erhebung. Sie lag neben einem … ja, neben einem großen, reifen Kürbis. Draußen im Garten lachten die Elstern. Zärtlich rieb sie ihr Gesicht an der Stelle, an der einmal sein Gesicht gewesen war, noch gestern, aber ob es die richtige Stelle war, das wusste sie nun nicht mehr zu sagen, und sie musste lächeln.

In Tante Munnes Kochbüchern fanden sich erstaunlich viele Rezepte. Süß-sauer, mit Curry, mit Tomaten, mit Zwiebeln. Sie machte sich an die Zubereitung und stand summend in der Küche über den großen Kupferkessel von Tante Munne gebeugt. Auf den Regalen reihten sich die Gläser, Bauch an Bauch. Der Winter konnte kommen.

Als Elfriede an einem Nachmittag den Rahmen von Tante Munnes Bild abwischte, sah sie, wie stark das Foto in der Sommersonne verblichen war. Die länglichen Augen trieben wie Weidenblätter auf der Oberfläche eines hellen Sees, nichts weiter. Sie stieg die Leiter hinauf unters Dach und kramte in den staubigen Kisten und Koffern, in denen Tante Munnes Habseligkeiten verwahrt lagen. Sie fand, was sie suchte. Mit geschwärzten Fingern und Spinnweben im Haar kletterte sie die Leiter wieder hinab, den Arm voller Papiere und Aufzeichnungen. Am Tisch schob sie die Einmachgläser zur Seite und betrachtete die alte Fotografie, die sie vom Grund der zweiten Kiste empor gewühlt hatte.

Tante Munne, noch jung, aber unverkennbar, die schrägen Augen glitzernd, ihr Pferdegebiss entblößt, ein rundes Strohhütchen auf dem Kopf, saß auf einem Korbstuhl vor einer verschwommenen Wand aus großen, runden Blättern. Sie hielt eines der Blätter in der Hand wie einen kleinen Schirm. Das Foto war verknittert und braunstichig, Sonnenflecken verzerrten Tante Munnes Lächeln und verwischten das Muster ihres Kleides. Elfriede setzte ihre Brille auf. Hinter der Tante, die Hände auf die Lehne des Korbstuhls gelegt, stand eine deutliche, schattengesprenkelte Gestalt, ein massiger, kahlköpfiger Mann, mit hellen Augen – aber als Elfriede das Foto zum Licht kehrte, um es genauer zu mustern, erkannte sie, dass sie sich getäuscht hatte.

Im Bett am Abend studierte sie in Tante Munnes hundertjährigem Kalender und fand heraus, dass der Gärtner viele üppige und reichliche Gaben zu erwarten hatte vom nächsten Sommer. Ehe sie einschlief, notierte sie sich die Adresse eines Betriebes, der Glashäuser für Warmbeete herstellte. »Ihre erste Ernte schon im Spätfrühling«, versprach man den Kunden dort, und auf einer Zeichnung war ein lachender Mann zu sehen, der einen gewaltigen Kürbis umarmt hielt.

Im Oktober ließ der Regen nach, der wochenlang gefallen war, und am Abend fand Elfriede die treulosen kleinen Gärtner mit ihren Pickeln und Schaufeln auf den Stufen vor ihrer Küchentür hocken. Sie blinzelten zu ihr auf, als seien sie gestern erst fortgegangen und baten treuherzig um Milch und Anweisungen.

»Gerade noch rechtzeitig vor dem ersten Frost, ihr ›Bürschchen‹«, sagte Elfriede. Der schöne, lange Spätsommer und die Gewissheit ihrer vollen Vorratskammer hatten sie milde gestimmt. Sie bestellte Milch beim Bauern im Dorf, und wenn sie nun nachts wach wurde, lehnte sie am Fenster, die Bettdecke um sich gewickelt, und sah zu, wie die kleinen Gestalten durch die hohen Kräuter wimmelten und wie ihre Gerätschaften im Mondlicht blitzten. »Und lasst mir den Komposthaufen in Ruhe, habt ihr gehört?« rief sie hinaus, und die kleinen bärtigen Gesellen kicherten und flüsterten noch lange untereinander.

ZITRONENRÖLLCHEN

Ilse lag im Bett. Auf ihrer Brust stand ein Teller mit geraspelten Mohrrüben, die mit einem Teelöffel Sesamöl beträufelt waren. Sie kaute lustlos, dabei hielt sie die Augen auf die fette, gelbschwarz geringelte Raupe im Fernseher gerichtet, die mit großer Anmut und sehr zielstrebig ein schön geädertes Blatt abweidete. Bald werde ich unförmig sein wie diese Raupe, dachte Ilse, und weiter dachte sie, wie glücklich dieses Tier doch sein müsse, weil es das bekam, was es so gerne fraß.

Seit sie diesen Mann wollte, seit sie ihn täglich zu sehen bekam, ohne Hand, geschweige denn irgend etwas anderes an ihn legen zu dürfen, hatte sie satte vier Pfund zugenommen. Und obwohl ihr bewusst war, dass sie dem Hunger, der sie den ganzen Tag über verfolgte, mit Spaghetti und Bratwürsten nicht beikommen konnte, verlor sie, wenn sie im Restaurant bediente, sofort alle Beherrschung.

Sie betete ihn an, diesen mageren, sehnigen Männerkörper in den schlabberigen weißen Kochhosen, die dennoch deutlich zeigten, was darunter verborgen lag: der kleine Hintern, fest wie eine Haselnuss, und auf der Kehrseite dieser bewegliche Hügel: ein zappelnder Goldfisch.

Seit Frau Wellisch, die Chefin, Manfred eingestellt hatte, und seit er Ilse, wenn sie durch die Luke in die Küche spähte, praktisch immerzu vor den Augen herumtanzte, hatte sie kannibalische Träume. Sie wollte diesen Mann verschlucken, auf einen Sitz, wie ein frisches Matjesfilet. Sie wollte ihn hastig aus den weiten weißen Hosen schälen, so wie man das Papier abreißt vom Lieblingsschokoriegel.

Einmal hatte Ilse, als er sich in der Vorratskammer zum Regal hinaufreckte, um eine Dose Schweineschmalz herunterzuangeln, seinen Bauch gesehen zwischen Hosenbund und T-Shirt. Einen Bauchnabel, rosig glänzend wie ein eben ausgespuckter Kirschkern, darüber ein zartes schwarzes Haardreieck, eng an die Haut geschmiegt.

Sie war zurück in die Küche gerannt und hatte wahllos eine Handvoll noch lauwarmer Pfannkuchenstreifen aus der Schüssel gegriffen, die fürs Mittagessen bereit stand. Das ist typisch für mich, dachte sie, andere Frauen magern ab vor Liebesleid. Wie ungerecht!

Aber alles war ungerecht im Leben, das wusste Ilse. Männer waren und blieben ihr ein Rätsel. Hedda, ihre Freundin, hatte ihr geraten, bei Manfred richtig ranzugehen, wie sie das nannte. So etwas hatte Ilse noch nie fertiggebracht. Bis jetzt hatte sie immer Männer bewundert, die selbstsicher und selbstsüchtig waren, den Ton angaben, das Wort führten und zugriffen, wenn sie etwas wollten. Wie kam es nur, dass sie sich mit diesem Schüchterling abplagte, der ihr auch nicht ein einziges Mal in die Augen sehen konnte? »Ein Weichei, na prima«, sagte Hedda.

Ilse wandte sich der Schwingtür zu, um widerwillig zurückzukehren in den Gastraum. Als Bedienung hatte sie in der Küche eigentlich nichts zu suchen, schon gar nicht in der Vorratskammer, obwohl sie sich gut verstand mit dem übrigen Personal und vor allem mit den beiden Köchen Björn und Karl.

Manfred, der damit beschäftigt war, den Apfelstrudelteig mit einer Farce aus Apfelstücken, Rosinen und Nussblättchen zu belegen, neigte den lockigen Kopf über seine Arbeit mit der Versunkenheit eines Mannes, der die vor ihm hingebreiteten Glieder seiner Liebsten mit Mandelöl beträufelt.

Ilse riss sich von diesem Schauspiel los und stellte draußen den kalt gewordenen Tee vor die Frau, die Zeitung las, und wischte den Tisch ab, auf dem der Herr, der gegangen war, sein Croissant zerbröselt hatte, zählte das Geld nach und steckte es in die Gürteltasche. Durch die Luke für die Essensausgabe sah sie, wie Manfred die fertigen Strudelleiber mit Eigelb bestricht. Er beachtete sie nicht.

Im Restaurant »Big Pink« servierte man Gerichte aus aller Herren Länder, und alle wurden für den deutschen Gaumen zurechtgestrickt. Das Lokal lief nicht übel. Ilse, in Schwarz, mit bodenlanger weißer Schürze und streng aufgesteckten Haaren, überwachte die beiden anderen Bedienungen. Frau Wellisch hatte in diesem Frühling einen Mann für die Süßspeisen angestellt, Manfred, den Patissier, der, obwohl noch jung, in verschiedenen großen Restaurants gearbeitet hatte und dem der Ruf vorauseilte, überaus kreativ und einfallsreich zu sein. »Der Beginn einer neuen kulinarischen Ära«, nannte es Frau Wellisch.

Hinter Ilse, die sich schon mit einigen Köchen, Kellnern und Gästen eingelassen hatte, nicht zu vergessen die geplatzte Verlobung mit dem Schuhverkäufer, lagen nunmehr drei gänzlich männerlose Jahre. Am Anfang hatte sie die Auszeit, wie sie es nannte, genossen. Italienisch gelernt und Aquarellieren, ferngesehen, wann immer sie wollte, und ihre Wohnung umdekoriert.

Aber nun und mit einem Schlag war die Gelassenheit, die sie am Alleinleben so geschätzt hatte, dahin. Manfred war in ihr Leben getreten und schlimmer noch, er wusste nicht einmal davon. Noch nie hatte Ilse einen offenbar so schüchternen, schweigsamen Mann auch nur in Betracht gezogen. Ich werde alt, sagte sie sich und betrachtete sich im Spiegel neben der Garderobe. Ihre Figur konnte sich immer noch sehen lassen und auch ihr langer Hals und die dichten dunkelbraunen Haare. Die hohe Stirn über den feingewölbten Brauen gab ihr ein, wie sie fand, etwas altmodisches Aussehen, wie eine Frau aus einem Stummfilm. Wenn sie allerdings so weiter aß und sich so weiter grämte, würde sie Tag für Tag immer hässlicher werden.

Sie hatte alles Mögliche versucht, um sich Manfred zu nähern, und seit sie erfahren hatte, dass er das Kino liebte, saß sie jeden Nachmittag in der flimmernden Dunkelheit und hielt nach ihm Ausschau. Eines Tages war sie ihm sogar nachgegangen bis zum Wohnblock am Trailerpark, in dem er hauste, hatte dann aber nicht gewagt, bei ihm zu klopfen. Sie hatte ihm in der Küche zugelächelt und dafür verwirrte Blicke geerntet. Sie hatte Karl und Björn auszuhorchen versucht, war aber nur auf Heiterkeit und Spott gestoßen. Sie sei eben ungeübt im Verführen. Das sagte Hedda ohne Umschweife und riet ihr, dieses Gänseblümchen aufzugeben. »Was hat er denn so Großartiges an sich?« fragte sie.

»Ich will ihn haben, unbedingt«, sagte Ilse.

Das wiederum konnte Hedda verstehen.

»Na, dann greif ihn dir«, rief sie, »was zögerst du?«

Schließlich beschloss Ilse, ihn etwas direkter anzugehen. An den Küchentisch gelehnt, zettelte sie ein Gespräch an.

»Schön, dass Sie jetzt zum Team gehören, Manfred. Wir sind doch ein netter Haufen hier, Sie werden sich gut einleben.«

»Ja, ja«, nuschelte er abwesend.

»Ihre Crème brûlée gestern mit den kandierten Minzeblättern war klasse. Wurde oft bestellt! Ich hab alle Gäste darauf hingewiesen, wissen Sie.«

»Danke.«

»Wird es einen kleinen Einstand geben? Das machen wir hier so, ich helfe gerne.«

»Ach, ich weiß nicht.« Er schaute aus dem Fenster.

»Das hat's noch nie gegeben, keinen Einstand«, sagte Björn später, und Karl meinte, es wäre dem Betriebsklima nicht gerade förderlich, wenn ein Neuer keinen Einstand gebe. Aber sie waren Manfred nicht wirklich böse.

»Ist so ein Spinner der, aber nett«, sagte Karl. »Er sagt, er macht seinen Einstand, sobald er weiß, ob er bleibt.«

»Na, da müssen wir uns wohl anstrengen, um es ihm hier angenehm zu machen, was?« Björn lachte.

»Was redet ihr denn mit dem?« fragte Ilse. »Zu mir sagt er nie ein Wort.«

»Eigentlich kann man nur über Filme sprechen mit dem«, Björn schnitt den Braten in Scheiben. »Reich die Teller rüber, Ilse.«

»Ja«, sagte Karl und legte drei Zucchinirauten neben das Fleisch, »der geht, glaube ich, jeden Nachmittag ins Kino, der arme Hund.«

»Das ist vielleicht ein tristes Leben«, Björn kniff Ilse in den Hintern. Das durfte er, denn er meinte es nicht böse, und Ilse stakelte mit übertrieben wackelndem Hintern aus der Küche.

Frau Wellisch übernahm schließlich den Einstand für Manfred. »Der wird unseren Umsatz verdoppeln«, sagte sie und lud alle am Ruhetag ins »Darjeeling« ein. Manfred saß zwischen Karl und Björn, den beiden Köchen, und sagte den ganzen Abend kein Wort.

Seine Art, lächelnd vor sich hinzustarren, machte Ilse

wahnsinnig. Halb schloss er die Augen, und sein schöner, großer Mund hob sich sacht an den Winkeln, als ginge ihm etwas ungeheuer Angenehmes durch den Sinn, während er am Tisch stand und Efeublätter für die Petits fours in Schokolade abformte. Wenn man ihn ansprach, schien es, als komme er von weit her, aus irgendeinem entlegenen Zimmer seines Gedankenhauses, als werde er erst langsam wach und erschrecke ein bisschen, sich in der Küche wiederzufinden, in der es zischte und klapperte, und in das Gesicht einer Frau zu sehen, die sich vor ihm aufgebaut hatte und eine Antwort erwartete.

»Morgen? Morgen Topfennockerl auf Himbeerspiegel«, sagte er langsam und schlug die Augen nieder. »Vielleicht auch Himbeerparfait.«

»Ist der schwul?« fragte Ilse die Köche, denen sie ein Bier hinstellte, während diese über der Speisekarte brüteten.

»Nee, bestimmt nicht!« sagte Björn, der dickere und fröhlichere der beiden.

»Gefällt dir wohl, Ilschen, was? Das kann man sehen.« Und zu Karl, dem Glatzkopf mit den Sommersprossen, der immer so stark schwitzte, sagte er: »Wenn Ilschen wo nicht landen kann, denkt sie gleich, der Mann mag keine Frauen.«

Karl lachte und betupfte sich die Brauen. »Ich glaub, der hat ein Auge auf die Chefin geworfen. Was meinst du, Björn? Die ist so zuckersüß zu ihm.«

Das saß. Dennoch glaubte Ilse kein Wort. Frau Wellisch, eine stramme, matronige Frau, trug immer dunkelblaue Hosenanzüge und blondgefärbte, toupierte Haare und hatte die erotische Ausstrahlung einer gekochten Sellerieknolle.

Während die Köche die übrig gebliebenen Speisen in den Kühlschrank packten, stand Ilse in der Küche und trank ein Gläschen Wein. Manfred trat mit nassen, zurückgekämmten

Haaren aus der Belegschaftsdusche, trug ein sauberes Hemd und brachte den Geruch nach Mandelseife mit, den Ilse mit geweiteten Nüstern aufsog.

»Ein Gläschen zum Ausklang des Abends, Manfred?« fragte sie etwas gekünstelt und griff nach seiner Hand. Er blieb sofort ganz höflich stehen und schien für einen Augenblick unter ihrem Blick ganz wach zu werden.

»Was? Wein? Ach nein, danke, sehr nett, nein, nein.«

So viel hatte er noch nie gesprochen. Sie behielt seine Hand in der ihren, rückte ihm näher und sah zu, dass sie ihn mit der Hüfte anstieß und ihre Brust seinen Arm berührte.

»Wohin so eilig?« fragte sie leise. »Zu Ihrer Liebsten?«

Manfred, der nun ganz wach wirkte, öffnete die Augen weit, blieb aber artig stehen wie ein Kind vor einem Erwachsenen und stammelte: »Was? Was? Ich habe Sie nicht verstanden.«

»Nun lass ihn doch, Ilse«, rief Björn und zwinkerte Karl zu.

Ilse ärgerte sich darüber, und das machte sie angriffslustig.

»Wollen wir noch ins ›Darjeeling‹ gehen und etwas trinken?« fragte sie und schaute Manfred so tief in die Augen, dass ihr selbst davon ganz schwindlig wurde.

»Ach, ich weiß nicht.« Manfred schlug die Augen nieder und lächelte. »Ich wollte, ich muss …«

»Was?« flüsterte Ilse dicht vor seinem Gesicht und war sich wohl bewusst, dass Karl und Björn reglos am Herd verharrten, um ja nichts zu versäumen.

»Heute nicht, ich …, vielleicht …, ich habe …« Er machte sich los. Nicht abrupt, sondern vorsichtig, als täte er es nur ungern. »Gute Nacht, allesamt.« Und schon war er in seine Lederjacke geschlüpft und durch die Hintertür hinaus.

Karl und Björn umarmten sich mit unbändigem Gelächter hinter dem Herd. Ilse trank ihr Glas in einem Zug aus und knallte es auf die Tischplatte.

Seitdem ging Manfred ihr aus dem Weg.

Sie versuchte, ihn auf dem Heimweg abzupassen. Er entkam ihr aber in der belebten Fußgängerzone. Sie setzte sich neben ihn beim Betriebsausflug. Er aber schenkte den Lobhudeleien von Frau Wellisch auf seiner anderen Seite alle Aufmerksamkeit. Es stimmte. Seine Süßspeisen waren berühmt, auch bei den Kritikern, die darüber in verschiedenen Magazinen berichteten, hymnisch, unter großen glänzenden Fotos, auf denen Manfred schüchtern lächelte und – wie Ilse fand – engelsschön seinen gelockten Kopf über eine Pyramide von Profiterolen oder eine glänzende Kuppel aus Mangosorbet beugte.

Oft kamen Gäste ins Lokal, nur um sofort nach dem Dessert des Tages zu fragen. Das »Big Pink« florierte. Frau Wellisch war glücklich.

»Unseren Star«, nannte sie Manfred, und Björn und Karl rechneten sich angesäuert aus, was für ein Gehalt dieses Süßspeisengenie wohl bekam.

»Er ist ja komisch, sehr in sich gekehrt und maulfaul« sagte Björn, »aber irgendwie mag ich ihn, er ist so arglos, erinnert mich an meinen kleinen Bruder Gustav, der beim Schlittschuhlaufen ertrunken ist. Das war auch so ein Tagträumer.«

»Ich glaube, der Junge hat irgend etwas«, sagte Karl. »Irgendwas frisst an dem Jungen, könnte nicht sagen, was. Vielleicht ist er krank.«

Frau Wellisch lud Ilse nach Dienstschluss auf einen Cognac ins »Darjeeling« ein. Dergleichen war nie vorgekommen. »Der Junge ist nicht glücklich«, sagte sie ohne Umschweife und schwenkte den Cognac fachmännisch in ihrem Glas. »Ilse, der Junge wird uns nicht bleiben, es muss etwas geschehen. Ich habe bei seinen früheren Chefs angerufen, alle sagen dasselbe. Er lebt sich nicht richtig ein, er findet nicht Kontakt. Er kocht himmlisch, aber kündigt dann ohne Vorwarnung und ohne Grund. Sie müssen mir helfen, Ilse.«

»Was soll ich tun?« fragte Ilse und nahm einen großen Schluck aus ihrem Cognacglas.

»Also, er braucht eine Frau«, sagte Frau Wellisch. »Ich habe natürlich nicht an Sie gedacht. Ich hab ja schon überlegt, ob ich selbst mich opfern sollte, aber so was liegt mir nun wirklich nicht.« Frau Wellisch lachte blökend. Ilse dachte sich ihren Teil. »Also, ich habe keinen Augenblick an Sie gedacht«, fuhr Frau Wellisch fort. »Aber vielleicht haben Sie eine nette junge Freundin. Was sagen Sie?«

»Mal sehen«, sagte Ilse.

Im Verlauf des Abends und nach einer Schinkenbrotzeit, weiteren Schlemmereien und vielen Weingläsern hatte Ilse einen Bonus für sich herausgeschlagen. Fünftausend Mark auf die Hand, wenn es gelang, Manfred an eine Frau zu bringen.

»Womöglich Verlobung und Heirat – später«, flüsterte Frau Wellisch und schielte dabei.

»Ich tue, was ich kann«, sagte Ilse.

Nun, da Ilse das Ganze als Geschäft betrachten konnte mit dem kühlen Auge eines »Kontraktkillers«, wie sie es im Geheimen nannte und dabei an »Die Ehre des Prizzis« dachte – einen Film, den sie mittlerweile dreizehn Mal gesehen hatte –, nun also fühlte sie keine Skrupel mehr. Sie hatte sich aus der Frau, die demütigenderweise von einem Mann besessen war, der sie nicht haben wollte, in einen hochdotierten Jäger verwandelt. Eine Herausforderung war das, und da ihr keine Mafia-Hochzeit zur Verfügung stand und kein prächtig gesungenes Ave-Maria, bei dem sie den ersten Blickkontakt mit dem Opfer aufnehmen konnte wie im Film, beschloss sie, auf andere Weise vorzugehen und das anzuwenden, was sie als psychologische Kriegsführung bezeichnete. Hedda unterstützte sie dabei.

Der Mann war offenbar schüchtern, ängstlich, gehemmt und unerfahren. Sie musste sich ihm als Opfer nähern. Starke Frauen machten solchen Männern Angst. Eine harmlose und hilflose Frauensperson würde seine menschlichen Qualitäten wecken und ihm die Furcht nehmen: eine arme, kleine Frau, die Beistand brauchte. Das war's, was es darzustellen galt. Ilse hoffte inständig, dass sie nicht schon alles verdorben hatte mit ihrer forschen Anmacherei am Küchentisch.

Sie bemühte sich nun, kein überflüssiges Wort mehr zu sprechen, kein aufreizendes Lächeln kam mehr über ihre Lippen. Sie rieb sich auf dem Klo die Augen, bis sie rot waren und tauchte zögernd und schnüffelnd wieder auf.

»Was ist mit Ilschen los?« fragten die Köche.

»Was ist mit Ilse los?« fragten die Gäste.

Sie schüttelte nur tapfer den Kopf und biss sich auf die Unterlippe. »Nichts, nichts«, flüsterte sie, »es geht schon.«

Das schien spurlos an Manfred vorüberzugehen. Es ärgerte Ilse, wie liebevoll versunken er seine Baisers à la Fraisalia mit Erdbeersirup überzog oder seine Spezial-Eclairs mit Marillenmarmelade füllte.

Eines Abends, als der letzte Gast bezahlt hatte, verließ Ilse alle Kraft, und sie erlaubte sich, am Küchentisch zusammenzubrechen und ihren Tränen freien Lauf zu lassen. Das fiel ihr mehr als leicht. Sie hatte zwei weitere Kilo zugenommen und steigerte sich immer leidenschaftlicher in ihre Rolle hinein.

Manfred kam vorbei, blieb kurz bei ihr stehen, legte die Hand auf ihre Schulter und stellte ein Tellerchen mit einem frisch zubereiteten Zitronenröllchen vor sie hin. Sie verschlang diese Köstlichkeit auf einen Happs und ohne auch nur mit den Wimpern zu zucken.

»Warum sagst du eigentlich nicht, was zum Teufel mit dir los ist?« fragte Björn, plötzlich eifersüchtig geworden.

Neue Tränen waren die Antwort, obwohl Ilse innerlich triumphierte.

»Liebeskummer, was?« rief Karl, der gerade einen Rehrücken für den nächsten Tag einlegte.

»Lasst sie doch in Ruhe!« Das war Manfreds Stimme, laut und gebieterisch.

Ilse wandte ihm ihre tränenverquollenen Augen zu und versuchte auszusehen wie ein Hund, dem man endlich ein liebes Wort gibt. Sie registrierte zufrieden, wie gut dieser Blick bei ihm ankam. Wie hübsch er war, wenn er lächelte, sein ganzes Gesicht veränderte sich.

Frau Wellisch beobachtete Ilses Fortschritte diskret, aber aufmerksam mit den glitzernden Augen eines Feldherrn, der zusieht, wie sich ein minderer General als guter Stratege erweist. Ilse begriff, dass Frau Wellisch sie von Anfang an als ihre Agentin ausgesucht hatte. An Frau Wellischs Menschenkenntnis hatte sie nie gezweifelt.

Und dann kam der Abend, auf den Ilse gewartet hatte. Die ganze Belegschaft wusste, dass Manfred in der Vorweihnachtszeit seinen preisgekrönten Stollen backen sollte, nach einem Geheimrezept, bei dessen Herstellung er niemand dabeihaben wollte. Frau Wellisch versprach sich einen großen Verkaufserfolg.

Nach der Abrechnung ging Ilse in die Küche und sah zu,

wie Björn und Karl ihre Sachen zusammenpackten und davonzogen, nicht ohne ein paar Bemerkungen in Manfreds Richtung zu machen, er solle sich vor Spionen in Acht nehmen, und Frauen ließen den Teig misslingen, wenn sie beim Kneten zusähen. Damit meinten sie Ilse.

»Kann ich noch ein bisschen bleiben? Es ist so einsam bei mir zu Hause«, sagte Ilse müde und setzte sich, weit vom Backtisch entfernt, auf einen Schemel neben der großen Bratröhre.

»Ist ganz nett, wenn ich Gesellschaft habe«, murmelte Manfred zu ihrer Verblüffung. Mehr sagte er nicht und fing an, hingebungsvoll Zitronat zu schnippeln.

Ilse saß da und überlegte. Sollte sie schweigen und warten? Nein. Sollte sie reden und warten? Nein. Sollte sie handeln? Ja. Trotzdem saß sie noch eine Weile unschlüssig auf ihrem Hocker und sah liebestrunken zu, wie Manfred Mandeln stiftelte, Rosinen in Armagnac einweichte, Hefe in warmer Milch auflöste, die Butter abwog.

Sie dachte an den Mann, den die Königstochter eigenhändig für sich gebacken hatte, weil ihr keiner der Prinzen gefiel, die um ihre Hand anhielten. So würde ich einen Mann backen, dachte Ilse, die Augen auf Manfred gerichtet. Seine braunen Arme, die aus den kurzen T-Shirt-Ärmeln ragten, bewegten sich rhythmisch beim Schneiden und Rühren. Sein gebeugter Nacken mit den feinen goldenen Härchen glänzte vor Schweiß, er hatte die Hände tief im Teig und atmete angestrengt.

Ilse hielt es nicht länger auf ihrem Hocker. Auf Zehenspitzen pirschte sie sich heran, blieb hinter ihm stehen und sog die süße Luft ein, die ihn umgab, dann legte sie zögernd die Arme um seine Brust und küsste federleicht seinen Nacken und seine Ohren.

»Lass dich nur ein bisschen, ein bisschen liebhaben von mir«, flüsterte sie und fühlte, wie er stillhielt und wie seine Hände, die im Teig steckten, zur Ruhe kamen.

»Okay«, sagte er, »Okay.«

Der Augenblick war gekommen.

Ilse schob ihre Hände behutsam in die Tiefen dieser schlabberigen Hose. Alles fühlte sich noch besser an, als sie gedacht hatte. Er ließ sich ihre Liebkosungen wortlos gefallen, wortlos und atemlos, die Hände noch immer im Teig verborgen.

Als er sich zu ihr umdrehte, hörte sie dicke Teigtropfen auf den Boden platschen, und als seine Arme sich um ihren Körper legten, dachte sie sekundenlang glücklich an die weißen Abdrücke, die er hinterlassen würde auf ihrem schwarzen Kleid.

Manfreds Gesicht war dem ihren nun so nahe, dass seine Pupillen zusammenrückten wie in einem einzigen großen glänzenden Auge.

»Okay, küss mich«, sagte er so leise, dass sie es kaum verstand, und Ilse legte den Kopf schief und spürte seine Lippen sich zutraulich öffnen.

Sie schmeckte Zitronat und bekam Nusskrümel auf die Zunge. Sie zitterte, aber sie hielt sich zurück und bewegte ihren Mund so zögernd und langsam, als müsse sie sich bei jeder Bewegung ihrer Zunge die Richtung überlegen. Manfred kam ihr entgegen und seufzte. Er schloss langsam das eine glänzende Auge, und auch Ilse schloss die ihren. Die Rührmaschine hörte auf zu schnurren, und es war so still in der Küche, dass Ilse die kleinen schmatzenden Laute hören konnte, die ihre Münder machten, und ein leises Gewimmer, von dem sie nicht genau wusste, ob es aus seiner oder ihrer

Kehle aufstieg oder einfach dazugehörte wie die Musik zu einem Film.

Manfred griff hinter sich und wischte, ohne sich umzuwenden, den Tisch von Messern und kandierten Früchten frei. Er hob Ilse hinauf und setzte sie auf die teigverschmierte Tischplatte, nicht ohne vorher sorgsam ihren schwarzen Rock nach oben zu schieben, wie um ihn zu schonen. Ilse, der eine gewisse täppische Eile an seinen Bewegungen nicht entging, knöpfte ihre Bluse auf und bot ihm mit durchgedrücktem Kreuz ihre Brüste dar wie zwei kandierte Mandarinen. Sie hörte auf zu atmen und biss sich auf die Unterlippe.

»So nicht«, stammelte Manfred, »nee …«

Erschreckt öffnete Ilse die Augen.

»Warum nicht?« Sie musste einen tiefen Atemzug nehmen.

»Das ist wie im ›Großen Fressen‹, verdammt.« Manfred zog sie vom Tisch herunter. »Da hat er die Frau auf dem Küchentisch, und sie sitzt mit ihrem dicken Arsch im Nudelteig.« Ilse kam zu sich und zog ihren Rock zurecht. »Na gut«, sagte sie beleidigt. »Welcher Film wäre dir denn lieber?«

»Beim ›Postman‹ tun sie's im Brotteig«, sagte Manfred, rückte von ihr ab und wurde feuerrot.

Ilse hatte noch nie einen Mann so rot werden sehen, sogar seine Ohren brannten. Das war zuviel. Sie hätte heulen können. Ihr Körper war in einer derartigen Auflösung, dass sie glaubte, auf den Plattenboden herunterzurutschen wie ein schmelzendes Stück Butter.

»Mir ist die Lust vergangen«, sagte sie und dachte: eiliger Rückzug, Ilse, sei klug.

Sie machte sich von seinen Händen los und stakelte taumelig zur Tür, aber Manfred fing sie ein, packte sie und schob sie gegen den Kühlschrank. Sein Gesicht hatte sich verändert, die Augen waren schmal, der Mund entschlossen.

»Hier!« sagte er. »Hier! So kommst du mir nicht davon. Mir nicht!«

»Also, das ist ja auch nicht gerade originell«, sagte Ilse mit unsicherer Stimme, »das ist wie ›9 ½ Wochen‹.«

Aber sein Mund war schon auf ihrer Brust, und seine Zunge erkundete ihren Hals und schickte elektrische Schauer bis hinunter zu ihren Knien. Der Kühlschrank sprang an, sehr laut und rülpsend, und zitterte leise unter dem Ansturm ihres Handgemenges.

»Also, hier kann ich nicht«, rief Ilse. »Lieber da!«

Sie zog rasch den Rock hoch und zwang den an sie geklammerten Männerkörper zu einer kleiner Drehung.

»Komm!«

Sie lehnte sich an den Herd und suchte mit gespreizten Beinen und durchgedrückten Knien einen festen Stand auf dem glatten Boden. Nun erlaubte sie Manfreds Händen blinden Zugriff zu all den Stellen, die sich immer heftiger für ihn erwärmten. Er war ungeduldig. Gerade wollte sie ihm beim Entfernen der letzten, noch hinderlichen Barrieren helfen – heute morgen, als hätte sie es geahnt, war sie in das neue gelbe Höschen geschlüpft –, als er sie abrupt losließ, einen Schritt zurücktrat, sich in die Haare fuhr und mit einem verlegenen Lächeln sagte: »So wird das nichts.«

»Auf den Boden«, drängte Ilse. Es klang wie ein Quäken.

Und schon war sie auf den Knien. Ein Eimer stand im Weg. Ein Eimer mit Putzwasser, den Janka, die Putzhilfe, nicht ausgeleert hatte. Er kippte mit einem gedämpften blechernen Knall und tränkte Ilses Beine und Schuhe mit kaltem Seifenwasser. Das ernüchterte Ilse. »Verdammter Mist« fluchte sie. »Verdammtes ›Pulp Fiction‹!« Manfred fing an zu lachen und half ihr auf.

»Armes Mädchen, mein armes Mädchen«, er lachte keuchend, ließ sich aber nicht abschütteln und umklammerte sie von hinten mit erstaunlicher Kraft.

Wenn solch ein schüchterner Mann einmal in Fahrt kam, dann gab es offenbar kein Zurück. Ilse fühlte seine Brust, die vom Lachen bebte, an ihrem Rücken und konnte nicht anders als selber loszulachen. So lachten sie eine Weile eng aneinander gepresst und so einig, als wären sie schon dabei, Liebe zu machen.

»Du bist der trotteligste, ungeschickteste, blödeste Kerl, der mir je begegnet ist«, rief Ilse schließlich, und Manfred verfiel darüber in neues atemloses Gelächter.

»Du hast einen Klumpen Teig im Haar«, seine Stimme gehorchte ihm kaum. Nun gab es kein Halten mehr. Sie taumelten beide gegen das Regal mit den Töpfen und brüllten vor Gelächter, als blanke Pfannen und Topfdeckel um sie her niedergingen wie explodierende Sprengkörper. »Wie im Greenaway-Film – ohne Witz. Sollen wir jetzt die ganze Küche verwüsten?« fragte Manfred in der Stille, die darauf folgte. Er presste sich an sie und rieb sein Gesicht an ihrem Nacken.

»Du bist schuld«, rief Ilse aufgebracht, »du wolltest nicht im Teig.«

»Raus hier«, sagte Manfred plötzlich ernüchtert. »Ich weiß wo.«

»Ach nein. Schluss jetzt, wir haben alles verdorben.« Ilse wollte plötzlich nach Hause.

»Von wegen, jetzt machen wir Nägel mit Köpfen.«

An ihrem Hintern fühlte sie, dass es Manfred ernst war,

und das entfachte ihre Willigkeit aufs Neue. Sie hatte ihm eine solche Zähigkeit nicht zugetraut.

Im Restaurant brannten noch die Kronleuchter. Ilse hätte sie längst ausknipsen sollen, aber darum konnte sie sich jetzt nicht kümmern. Sie hatte nur noch einen einzigen Gedanken, nun, wo es Manfred gelungen war, alle Hemmnisse, die ihn von ihrem Hintern trennten, beiseite zu schieben und sich endlich unlösbar mit ihr zu verbinden.

Von der Taille abwärts war Ilse nun nicht mehr Herrin ihres Körpers und wie gelähmt von der Deutlichkeit, mit der sie ihn in sich spürte. Nur keine falsche Bewegung, sagte sie sich. Und Manfred machte sich daran, mit geschickten Fingern auch ihre Brüste für sich einzunehmen.

Sie fielen auf den Parkettboden zwischen den gedeckten Tischen, und Ilse, mit der Nase auf dem Boden, begriff zum ersten Mal, wie ungewöhnlich sinnlich der Geruch von Bohnerwachs sein konnte. Es war nur etwas hart, dort auf den Boden gepresst zu liegen, und so bestand sie darauf, dass Manfred beim zweiten Durchlauf unter ihr zu liegen kam, auch wenn er dabei nicht den Duft der frisch gebohnerten Holzplanken genießen konnte, weil er ihre Brüste vor der Nase hatte.

»So viel zu schüchternen Männern«, flüsterte Ilse, als sie später ihr Gesicht in Manfreds Achselhöhle legte und ihm etwas Stollenteig aus seinen Brusthaaren klaubte.

»Augen hast du wie Winona Ryder«, stammelte er.

Draußen vor dem großen Fenster hatten sich im fallenden Schnee Leute in Pelzmützen und Kopftüchern eingefunden, die mit offenen Mündern zu ihnen hereinstarrten. Ein Mann im Regenmantel applaudierte. Eine Frau und ihr an sie geschmiegter Begleiter winkten lachend mit dem Regenschirm.

Das alles sahen Ilse und Manfred, ohne sich groß darum zu kümmern.

»Sieh dir das an, wie in einem Stummfilm«, flüsterte Manfred.

»Wie im Fernseher ohne Ton«, flüsterte Ilse.

Diese Leute da draußen, diese Zuschauer, hatten nichts mit ihnen zu tun. Sie beide lagen auf dem glänzenden Parkett, unerreichbar wie in einem warmen goldenen Kokon.

»Das nenne ich Einstand«, sagte Manfred stolz.

»Stilgerecht«, flüsterte Ilse und prüfte mit der Hand, ob noch weitere Einstände zu erwarten waren. Es fühlte sich ganz so an.

»Und wenn ich denke, welche Höllenangst ich immer vor Frauen hatte«, murmelte er.

»Du gehst zuviel ins Kino. Küss mich. Wir machen jetzt hier unseren eigenen Film.«

»Manfred und Ilse tun es«, murmelte er und umarmte sie fester.

Das Glashaus nannten es einige Kollegen, und Dietrich, der in Amerika gearbeitet hatte, sprach vom »Pool«.

»Lass Dir eine aus dem ›Pool‹ kommen«, sagte er beim Mittagessen in der Kantine zu Elmar, als dieser über die Unordnung in seinen Karteikästen klagte. Sie waren beim Nachtisch angekommen: kirschrote Götterspeise mit einem Schleier aus Vanillesauce. Dietrich ließ die seine etwas zittern auf dem Teller, ehe er mit dem Löffel zustieß.

Elmar ging jeden Morgen durch den verglasten Raum, in dem es um diese Stunde noch wuselte und zwitscherte. Die jungen Frauen lachten und sprachen durcheinander, zogen die Schutzhüllen von ihren Schreibmaschinen und befingerten ihre Computer. Alle Frauen waren blond. Der Chef hatte sie ausgewählt, »handverlesen«, wie er sagte, obgleich er seine eigene Sekretärin hatte, Frau Sabine Blücher, eine verlässliche Kraft in stahlblauen Kostümen, vernünftigen Schuhen und dem kaum wahrnehmbaren Geruch nach Tabac-Seife. Sie war es auch, die über den »Pool« herrschte. Wenn sie vorbeizog, die Mappe an die Brust gedrückt, auf dem Weg ins Allerheiligste, beugten sich all die blonden Köpfe eilfertig über ihr Tagewerk. An Frau Blücher musste man sich wenden, wenn man eines dieser Geschöpfe um sich haben wollte, für ein paar Stunden in dem schalldichten Kubus des eigenen Büros. »Sabinchen« nannte man sie, aber nur hinter ihrem Rücken. Sie zu verärgern, wäre fahrlässig gewesen.

Elmar schlenderte durch den hellen Raum, jeden Morgen, ein kleines Lächeln um die Lippen und die Hände in den Hosentaschen wie einer, der im Park lustwandelt. Er wusste wohl, was für einen Eindruck er auf die Blüten in diesem Gewächshaus machte.

Sein Bart hinterließ auch nach dem Rasieren einen kleinen bläulichen Schatten auf seinem kräftigen Kinn und auf den Wangen, sein schwarzes Haar gebändigt und straff zurückgekämmt, seine Augen aber ungezähmt. Seine Augen mit ihren dichten Wimpern hatte er von seiner armen Mama geerbt. Melancholische nougatbraune Augen mit leicht geschwollenen Lidern. Seine arme Mama, er dachte selten an sie. Als Kind hatte er sie geliebt und mitgeweint, wenn sie sich über ihn beugte und ihre langen Haare und Tränen sein Gesicht kitzelten. Sie weinte schnell und oft, und genauso oft und schnell lachte oder sang sie. »Heimweh«, sagte sie zu ihm, wenn sie traurig war, und zog eine Grimasse, aber er ahnte schon damals, dass sie ihm nicht die Wahrheit sagte. Sie zeigte ihm Fotos aus dem Land, in das sie sich zurücksehnte. Fotos mit dunstigem Sonnenlicht auf üppigen Pflanzen. Über seinem Bett hatte ein großes Foto von einer wimmelnden Hafenpromenade gehangen, ein Palmenrondell, Straßenverkäufer und Frauen mit großen Hüten. Abends, ehe er einschlief, war er oft auf dem Platz spazieren gegangen. Er lächelte über die Köpfe der jungen Frauen hinweg, groß, wie er war, und öffnete sacht die Tür zu seinem Büro. Der letzte Blick, den er nachlässig zurückwarf, zeigte ihm, dass ihm alle nachgeschaut hatten – mit Wohlgefallen, das erkannte er daran, wie rasch sich alle Augen von ihm lösten, ehe er die Türe schloss.

Frau Blücher teilte ihm Margot zu. Sie hatte einen schönen runden Hintern unter ihrem grauen Rock, wenn sie sich niederhockte, um in den unteren Schubladen nach etwas zu suchen. Elmar ließ beim Telefonieren kein Auge von ihr, und das entging ihr nicht. Sie erinnerte ihn an eine Osterglocke, das Haar umgab ihr Gesicht wie Blütenblätter. Sie wurde rot, als sie seinen Kaffee in die Untertasse schwappen ließ, sie benetzte, ehe sie sprach, die Lippen mit der Zunge. Als er anbot, sie heimzufahren, es war spät geworden, stimmte sie zu, als er ihr in die Jacke half, streiften seine Finger über ihren Hals, als sie die Treppe hinuntergingen, stießen sie zweimal zusammen. Im Wagen rückte sie von ihm ab, ließ aber ihr Knie dort, wo seine Hand den Schaltknüppel bewegte. Er war verliebt in sie, ja er war verliebt in die Art, wie sie beim Sprechen rasch mit den Augen zwinkerte und wie sie, wenn er sie etwas fragte, zuerst den Kopf senkte und darüber nachdachte. Er sah sie schon liegen in seinem Bett mit der schwarzweißgemusterten Bettwäsche. Alles schien so leicht zu laufen wie eine geschickt angestoßene Kugel auf dem Billardtisch. Fast machte es ihm Angst.

Sie dirigierte ihn in eine Wohngegend, die ihm fremd war. Als sie aussteigen wollte und sich bedankte, fasste er ihre Hand. Margot, gottlob war ihm ihr Name wieder eingefallen, Margot. Sie fiel ihm um den Hals wie ein Kind und küsste ihn. Sie küsste ihn nicht wie ein Kind. Das duftende Blumenmädchen verschwand und machte einem anderen Bild Platz, das Elmar mit Grauen durchrieselte und ihn erstarren ließ. Es war kein deutliches Bild, dazu ließ er es gar nicht heranwachsen, er kannte es, es war ihm vertraut wie das dumpfe Hämmern in der Stirn vor einer Kopfgrippe, wie das Kribbeln im Rachen, ehe man sich übergeben musste. Was wollte sie von ihm? Ihre Arme schienen ihn packen zu wollen, ihr Mund versuchte ihn zu ersticken. Das Erstaunen, mit dem sie ihm feuchtäugig entgegenblinzelte, als er sich freigekämpft hatte, war gespielt. Sie hatte einen Anschlag geplant auf seine Rationalität, auf seine Bewegungsfreiheit, auf seine Fähigkeit zu arbeiten, Erfolg zu haben, auf sein friedliches Leben – auf alles. Elmar hörte die vertraute Panikmusik in seinen Ohren jaulen, wie nervöse, außer Rand und Band geratene Flöten und Fiedeln. Nur jetzt nicht den Kopf verlieren und Unbedachtes sagen oder tun.

Er zwang sich, ihr die Hand auf den Kopf zu legen und zu lächeln. »Kindchen«, sagte er, »Kindchen«. Das war immer gut.

Jetzt hatte sie auch schon von ihm abgelassen und war zurückgeschmolzen in ihr Pepitajäckchen. Wenn sie das Kindchen war, so musste er der sensible Erwachsene sein, das erwartete sie von ihm, er konnte es an ihrer Miene ablesen. Mit »Papa« ins Bett, das ja, aber nur, wenn dieser seinen Segen gab. Er gab ihn nicht.

»Verzeihen Sie. Margot, Sie sind so, wie sage ich es, so jung und frisch, und ich bin auch nur ein Mensch. Sie verstehen. Aber ich bin nichts, gar nichts für so etwas, obwohl die Idee verführerisch wäre, das ja …« Sie hörte schon nicht mehr zu.

»Tun Sie doch nicht so, als ob Sie wer weiß wie viel älter wären als ich.«

Sieh da, so wollte sie ihm kommen. »Wir sind Kollegen«, sagte er und schaltete den Motor an. »Hinaus mit Ihnen!«, das Letzte ganz locker und mit einem kleinen auffordernden Schwung in der Stimme.

Sie stieg aus, beugte sich zu seinem Fenster und sagte: »Vielen Dank fürs Heimbringen, Herr Küpper«, und dann stakelte sie davon, zum verglasten Haustor. Ihr Hintern unter dem Rock bewegte sich bei jedem Schritt. Nicht irgendwie so, als sei sie auf dem Rückzug, sondern so wie eine Aufforderung: »Follow me!«

Fast hätte er es getan.

Das beischlafwillige Affenweibchen fiel ihm ein, das er vor ein paar Tagen im Fernsehen gesehen hatte. Es gab dem Paviangebieter mit erhobenem Hintern das traditionelle Zeichen seiner Bereitwilligkeit, er aber hatte nicht reagiert. Er hielt auf seinem Schoß das Kind eines anderen ranghöheren Weibchens, bei dem er sich einzuschmeicheln gedachte. Er hatte nicht reagiert, wohl aber Elmar auf seinem Sofa. Stundenlang hatte es ihn umgetrieben nach dieser Szene. Nein, er wünschte nicht das Affenweibchen in seinen Schoß zu ziehen, sondern eines jener flirrenden, sonnenbeschienenen Wesen aus dem Glashaus. Welches? Das wusste er nicht. Alle. Sie waren kaum zu unterscheiden für ihn, eine einzige Frau, deren Hingabe nach Honig und Blütenstaub schmecken musste.

Elmar kannte diesen Zustand, mit dem er im Auto zurückblieb, ganz furchtlos jetzt und sehnsüchtig. Die halbe Nacht würde wieder draufgehen. Er fuhr los.

Seine Mutter saß an einem Caféhaustisch, und unter ihrem großen weißen Hut leuchteten ihre Augen, zwei samtige Stiefmütterchen. Sie schaute dem Mann auf den Mund, der ihr gegenüber seine Zigarre befeuchtete. Der Mann war nicht sein Vater. Elmar, die Nase nahe an der Tischplatte, mit Eis im Mund und einem steifgestärkten Hemd, das ihn am Hals juckte, sah, wie sich der Körper der Mutter zu dem Mann hinüberwölbte: die prallen Segel eines Bootes, das im Wind liegt. Es war, als hielte der dünne Stoff des Sommerkleides ihr Fleisch mit Mühe zurück. Ihr Fleisch, das honiggelb war und bräunlich an den Stellen, wo es sich zusammenschob, unter den Achseln, in der Halsbeuge.

Elmar hielt den Wagen neben dem Park an und atmete die Luft der Laubbäume und des nahen Sees ein. Er war müde und erleichtert, entkommen zu sein, und er dachte wehmütig an sein einsames Bett, in dem er liegen würde, bald, den Kopf wirbelnd von üppigen Bildern einer nicht endenden Umarmung und Verflechtung, die ihn forttrug und verschlang, um ihn später auszuspucken, gestrandet und keuchend.

Kleines Flittchen, dachte er, hat wohl geglaubt, ich wäre so leicht rumzukriegen. Frau Blücher würde ihm morgen eine Neue zuteilen. Er würde sie diskret wissen lassen, dass ihm diese junge Dame nicht kompetent genug erschienen war.

Lizzi trug Jeans und Pullover, und ihre Haare waren an den Seiten kurz geschnitten und auf dem Oberkopf aufgestellt wie dichtes helles Pampasgras. Sie gab gut Acht, ihm nicht in die Augen zu sehen, wenn er ihr Anweisungen gab, und sprach nur das Nötigste. Ihre Finger mit den angekauten Nägeln rührten ihn auf unerklärliche Weise, und er hatte Lust, sie an der Hand festzuhalten, wenn sie ihm ein Aktenstück vorlegte, und ihre Handflächen zu küssen.

Er verwickelte sie schließlich in ein Gespräch über das Wohlergehen seiner Fuchsiastöcke auf dem Fensterbrett. Sie hatten Blattläuse, und er sah andächtig zu, wie Lizzi die Blättchen auseinanderbog, befühlte und die grünen Läuse ohne Ekel zwischen den Fingerkuppen zerdrückte. Ja, er machte ihr den Hof, auf seine Weise und über Tage. Sie schien nichts davon zu bemerken und arbeitete willig und ohne rechts und links zu schauen an der Ordnung seiner Fachbücher und Zeitungsausschnitte. In der Kantine sah er zu, wie sie sich bedacht Salat und Milch auswählte, wie sie sich setzte, wie sie lachte, wie sie sich ins Haar fuhr. Er hatte sie längst geheiratet, hatte drei Kinder mit ihr, lebte mit ihr in einer hellen Altbauwohnung mit Bäumen vor dem Fenster. Abends, wenn er aus dem Büro kam, verkroch er sich wortlos in ihr. Sie brauchten keine Worte. Lizzi wusste immer, wie ihm war und was er wollte.

Beim Ausflug der Belegschaft führte er sie zwischen den Weidenbüschen hindurch, weg von den anderen, um ihr einen Frauenschuh zu zeigen. Er hätte ihn gerne für sie abgepflückt, etwas an der prallen Selbstgenügsamkeit dieses »Blütenstandes« – sie nannte es so – erregte und irritierte ihn. Er hätte gerne seine Faust um diese Blüte geschlossen und gefühlt, wie die »zarte Fülle« – auch das waren ihre Worte – zwischen seinen Fingern zu Schleim wurde.

Abends in der Kneipe, erhitzt und mit wirren Gedanken, saß er neben ihr am Tisch und fühlte sich vor Liebe schwer und süß wie die Baklawa-Rauten, die vor ihm auf dem Teller in glitzerndem Sirup schwammen.

In seiner Wohnung zog er sich völlig nackt aus, um sich den Rückzug zu versperren. Sie wartete und stand am Fenster vor seinen Kakteen. Alles lief wunderbar. Er streifte ihr Kleid ab, ihre weißen Unterhosen. Sie schloss die Augen, und er trug sie zum Sofa. Er küsste ihre Lider, ihren Haaransatz, er legte sein Gesicht auf ihre Brust und fühlte seine Finger in ihrem Haar.

»Vögle mich«, flüsterte sie. Es war wie ein kalter Regenguss. Er fror plötzlich und machte sich los, um ins Bad zu gehen und heiß zu duschen. Er saß auf dem Rand der Wanne und betrachtete seine Zehen, die sich in den Flausch des Teppichs krallten. Als sie an die Tür klopfte, ließ er das Wasser laufen. Es war lauwarm, und er setzte sich hinein. Irgendwann später hörte er die Wohnungstür zufallen. Er bürstete sich die Fußnägel, schnitt sie, prüfte die Nägel der Hände, wischte Seifenflecke von den glänzenden Hähnen. Als er später nackt und nass durch die leere Wohnung ging, kam der Geruch der blühenden Lindenbäume durchs offene Fenster.

Einmal hatte er vor seiner Mutter nackt getanzt, er musste damals vielleicht vier Jahre alt gewesen sein. Er hatte auf dem Muster des Teppichs die komplizierten Figuren der verschlungenen Ranken nachgetanzt. Für sie. Er hatte auch für sie gesungen dabei, ganz leise und immer atemloser vom Tanzen. Sie hatte auf dem Sofa gelegen und gelacht. Sie blieb nicht. Sie trug schon das glänzende Kleid für den Abend draußen. Das Mädchen kam und zog ihm seinen Schlafanzug über den Kopf. »Halte meinen Fuß, bis ich einschlafe, das macht sonst meine Mama«, sagte er, und sie hatte seinen Fuß gehalten, aber es wirkte nicht, und schließlich verlor sie die Geduld mit ihm und ging hinaus, um sich ein Glas Cola zu holen.

Elmar fragte sich, ob die jungen Frauen über ihn sprachen. Wenn sie das taten, so dämpfte es ihre Willfährigkeit ihm gegenüber nicht. Vielleicht hatten sie ja Wetten abgeschlossen, wer es bei ihm schaffen würde. Vielleicht führten sie Buch über seine Nachstellungen, vielleicht lächelten sie über ihn, aber warum eigentlich? Er war ein Mann mit Vernunft und Lebensart. Sollte er sich mit einer Frau einlassen, die nicht zu ihm passte? Sollte er die armen Dinger im Glauben lassen, er habe etwas Ernstes mit ihnen vor, wenn er gottlob immer noch rechtzeitig erkannte, dass dem nicht so war?

»Sie wollen uns angeln«, sagte Dietrich. Er drückte Mayonnaise auf seine russischen Eier. »Sie wollen versorgt sein, einen Mann, einen Namen und ein Bankkonto haben. Da haben die ganzen Jahre Feminismus nichts verändert. So sieht die junge Generation aus. Sieh dich vor!«

Drüben steckten die Frauen die Köpfe zusammen. Die

eine, die mit dem roten Band am Haar, hatte sich im Lift an ihn geschmiegt, dass es seine Art hatte, die mit dem Silberblick hatte ihm eine Fluse vom Revers genommen, am Morgen, als er durch die morgendlich zwitschernden Computer schlenderte. Sie hatte sich viel Zeit gelassen damit und ihn angesehen, als erwartete sie einen Orden für ihre Tat.

Wenn er jetzt zwischen den Tischen durchging, gab er gut Acht, dass ihm niemand in den Weg kam, um Körperkontakt zu ihm herzustellen. »Bodycheck« nannte es Dietrich und lachte unmäßig.

»Welche hast du für dich ausgewählt?« fragte Elmar, bemüht, lässig zu klingen.

»Keine«, rief Dietrich, »keine. Meinst du, ich will mir das Leben zur Hölle machen?«

»Wieso?« Elmar schöpfte Mut, aber Dietrich winkte ab. »Hier im Büro – hör mal.«

Er war also kein Leidensgenosse.

Als er krank war, eine kleine Angina, schickten sie ihm Laura, sie musste neu sein, er konnte sich nicht an ihre Frisur erinnern. Ein Kopf voller langer gekräuselter Haarsträhnen, jede stand für sich. Sie brachte Papiere zur Unterschrift und ein Körbchen mit Obst von der Belegschaft.

Sie setzte sich auf seinen Bettrand und fragte ihn, ob sie etwas für ihn tun könne. Die Dreistigkeit dieses Angebots nahm Elmar fast den Atem. Jetzt, in seinem fiebrigen dünnhäutigen Zustand, erkannte er, dass alles ein Komplott war, man wollte ihn zu Fall bringen. Er konnte ahnen, wer alles eingeweiht war. Laura hatte einen engen Pullover an, mit nichts drunter. Sie stand auf, als er sich unter die Decke verkroch, und sagte sehr höflich, aber etwas gelangweilt: »Videokassetten? Selterswasser? Oder vielleicht Bücher? Sabinchen hat mich beauftragt ...«

»Für Sie doch bitte Frau Blücher«, sagte Elmar und richtete sich auf.

Als sie ging, blieb ein Geruch von Obst im Zimmer zurück, und Elmar betrachtete die Äpfel unter der Klarsichtfolie mit wachsendem Appetit. »Es geht mir besser«, dachte er, und später dachte er, »abgeschmettert«, und er machte sich daran, sich selbst zu trösten, unter der Bettdecke und mit einem kleinen Lächeln um den Mund, das er kannte und schon öfter im Spiegel beobachtet hatte, bei solchen Gelegenheiten.

Nun, da er die Lage erkannt hatte und Vorsicht walten ließ, durchmaß er morgens das Glashaus wie einer, der hastig einen Fluss überquert, zwar fühlte er das Zerren der Strömung, zwar stolperte er, aber er machte sich mutig, kalt und unverletzlich. Er richtete seine Augen auf das andere Ufer: die Tür zu seiner Zelle. Wenn er jetzt Hilfe brauchte, bat er Frau Blücher um eine Überstunde. Das konnte er, das ging, sie hatte ihm das schon gelegentlich angeboten, wenn die jungen Dinger, wie sie es auszudrücken pflegte, mit einem kleinen Runzeln der Nase, also wenn diese jungen Dinger noch nicht versiert genug waren, die komplizierten Vorgänge im Verwaltungswesen zu überschauen.

Elmar hatte einen Sieg errungen über seine Triebe, und das machte ihn übermütig. Der tückische Anschlag des Fleisches auf Leben und Karriere war von ihm abgewehrt worden. Und er gratulierte sich selbst zu seinem kühlen Kopf, aber es war ihm nicht möglich, dieses zufriedene Gefühl eines Staatsmannes, der ein Attentat gerochen und ihm entkommen konnte, über den ganzen Tag auszudehnen. Er beneidete Dietrich um sein »festes Verhältnis«, wie der es nannte, »sein Programm«.

»Ich habe heute abend mein Programm«, sagte er und ließ augenzwinkernd wissen, dass er nach einem hitzigen Konferenztag abends die Entspannung einer bewährten Dame in Anspruch zu nehmen gewohnt war. Eine Dame, die Verständnis zeigte für sein schweres Leben als aufsteigender Angestellter und die parat stand, wenn es ihm gelang, Zeit für sie zu erübrigen.

Elmar, dem dergleichen immer dringlicher fehlte, verbrachte seine Abende in wechselnden Zuständen des Jagdfiebers, der Einsamkeit, der Frustration und der Angst.

Angst machten ihm vor allem seine fleischlichen Bedürfnisse, die ihm oft den Schlaf raubten, und auch der Schlaf, wenn er endlich kam, gab keine Sicherheit, seine Träume entsetzten ihn. Sie waren von einer grellen und widerwärtigen Deutlichkeit. Nicht einmal Dietrich wagte er davon zu erzählen.

An dem Abend, als Frau Blücher ihn zu einem kleinen Empfang anlässlich ihres zehnjährigen Firmenjubiläums zu sich bat, überlegte er lange, ob er nicht krank werden sollte. Die Vorstellung all der jungen Damen, die in Frau Blüchers kleiner Wohnung herumstehen würden, die Gläser in der Hand, löste eine gelinde Panik bei ihm aus, als wolle man ihn in ein Haifischbecken stoßen. Er bezwang sich nur mit großer Anstrengung.

Er hielt sich den ganzen Abend erfolgreich im Dunstkreis der Kollegen und erkannte mit Genugtuung, dass diese Männer, wie kühn sie auch in der Kantine geklungen haben mochten, hier als einträchtiger Pulk zusammenblieben und sich darauf beschränkten, den Damen vielsagende Blicke zuzuwerfen und sich gegenseitig zuzunicken.

Vielleicht lag alles an der wohltuenden Gegenwart von Sabinchen. Mit leichter Hand fügte sie auch die Mädchen zu einer Gruppe zusammen und pendelte gastgeberinnenhaft zwischen den beiden Fronten hin und her. Elmar bewunderte die dekorativ angeordneten Häppchen und lobte im Chor mit seinen Verbündeten den Wein, den Champagner, den Kaffee. Er trank mehr, als das sonst seine Art war, und fand sich um drei Uhr morgens mit einem Mal allein und mit gelockerter Krawatte auf dem Teppich sitzend, ein Schinkenbrot in der Hand.

Frau Blücher – zum ersten Mal mit leicht aufgelöster Frisur und ohne Schuhe – leerte Aschenbecher in einen blauen Müllsack. Er betrachtete gewohnheitsmäßig ihren Körper unter dem lockeren Seidenkleid und ihre Waden, die dicht vor seiner Nase hin und her glitten. Nicht übel, dachte er und wartete nervös auf das Gefühl der Beklemmung, das in ihm aufsteigen würde, sobald die hellen Waden vor ihm haltmachen würden.

Er hob den Blick und sah, dass er am Sideboard vorbei und um den Sessel herum mit vier Sprüngen an der offenen Tür sein konnte und dass nur zwei Schritte ihn sodann von der Wohnungstür trennten. Er machte sich daran aufzustehen, den Mund voll Schinken und Brotkrumen. Er suchte nach einem netten Satz, mit dem er seinen Abgang begleiten konnte.

Sabinchen stellte im Gang den Plastiksack neben die Eingangstür, staubte ihre Hände ab und schob den Riegel vor.

Elmar war schon halb aufgestanden und kämpfte mit dem Gleichgewicht. Sabinchen fing ihn auf und drückte ihn sanft zurück auf den Teppich. Ein schöner Teppich, sicher nicht billig, grüne Efeuranken auf blaurotem Grund.

Natürlich wäre der Doktor genau der Richtige gewesen. Er sah wunderbar gesund aus, in seiner schneeweißen Uniform. Er hatte etwas von einer in der tropischen Sonne süß und fett gewordenen Frucht. Reif – das war das Wort. Auch sein Alter schien zu passen, obwohl Carola Orientalen nie so genau einschätzen konnte. Aber schon bei der ersten Untersuchung wurde klar, dass Dr. Jaganat an Carola nichts weiter sah als eine in der westlichen Welt zu Schaden gekommene Gesundheit. Seine gepolsterten Hände blätterten eifrig in den Listen und Tabellen. Seine schweren Lider hoben sich kaum, um Carola in Augenschein zu nehmen, als er ihr erklärte, wie schädlich ein krampfhaft zusammengehaltener Anusmuskel sich auf die Atmung auswirkte und wie wichtig es sei, ihn zu lockern. »Man muss sich öffnen«, sagte er und hob die Lider. »Ein durchlässiger Beckenbereich ist unerlässlich für die Entgiftung.« Carola hatte sein Englisch nicht gleich verstanden und noch einmal nachgefragt. Er hatte ihr alles noch mal vorgebetet, im selben Wortlaut, nur langsamer und lauter, als wäre sie schwerhörig.

Als Carola hinaustrat unter die Palmen, fragte sie sich, ob er die anderen Kurpatienten auch auf ihren verkorksten Schließmuskel hingewiesen hatte. Sie saßen in lockeren Gruppen auf dem trockenen Rasen und tranken Tee, der nach gekochten Gemüseschalen schmeckte. Wahrscheinlich hatte nur sie dieses verkrampfte Becken, und Dr. Jaganat hatte das sofort gemerkt, vielleicht daran, wie sie sich setzte oder dass sie auf dem vielseitigen Fragebogen angegeben hatte, ihr Stuhl sei gelb und musartig. Sie ärgerte sich darüber, mit welcher Ehrlichkeit sie die vielen blödsinnigen Fragen beantwortet hatte. »Haben Sie einen Abscheu gegen hohe schrille Töne?« »Ist Ihre Haut graukörnig und reißt schnell?«

Dr. Jaganat ging zwischen den unter den Palmen herumsitzenden Patienten hindurch, lächelnd, den Blick gesenkt, zwei Schritte hinter ihm Schwester Sa, klein, gelbhäutig und bebrillt. Die Sprechstunde war zu Ende. »Haben Sie auch Diät Nummer 3 bekommen?« fragte Saskia, die Frau aus dem Nachbarzimmer, die am letzten Abend zugleich mit Carola angekommen war, und zückte ihre Vorschriften. »Kein Fleisch, kein Obst, kein Bopop, was immer das ist.«

Carola kam sich nackt vor in dem gebatikten Wickeltuch, das auf ihrem Bett für sie bereit gelegen hatte. Alle trugen diese Tücher, die Männer um die Hüften, die Frauen bis unter die Achseln. Saskia musterte sie, als berechnete sie ihr Gewicht. Carola konnte sehen, wie Saskia zufrieden feststellte, dass sie selbst dünner war als Carola. Wie zum Hohn klaffte in diesem Augenblick das labberige Tuch auseinander und zeigte Carolas staubige, milchweiße Winterbeine. In Hamburg hatte es geschneit, als sie ins Flugzeug stieg. Carola ließ sich in einen Teakholzstuhl fallen.

»Weswegen sind Sie da?« fragte Saskia und begann, ohne auf eine Antwort zu warten, von ihren Hautproblemen zu sprechen, zeigte Carola treuherzig handtellergroße rote Flecken und tastete zwischen ihren Kopfhaaren nach einer weiteren juckenden Stelle. Carola versuchte von ihr abzurücken, aber der schwere Stuhl widersetzte sich knarzend. Ich, ich hätte etwas Sex nötig, hätte Carola gerne gesagt, aber das war nicht der eigentliche Grund ihres Hierseins, und sie sagte es auch nicht. Holger, der sie beobachtete, wie sie durchs Zimmer ging und nach ihrer Unterwäsche suchte. Holger, der sie ansah mit diesem Blick, der sagte: »Dich wird nie mehr einer vögeln.« Holger, der sie nicht mehr wollte, sie nicht mehr berührte, der ihr das Gefühl gab, eine Erdkröte zu sein, die er gerne unter seinen Autoreifen zerquetscht hätte. Nie hatte sie den Ausdruck auf seinem Gesicht vergessen, mit dem er mitten auf der Landstraße Gas gegeben hatte, um die Kröten zu überfahren, die sich abmühten, sich, und die kleinen Männchen, die auf ihren Rücken klebten, zur anderen Straßenseite zu schleppen. Eine klägliche Prozession. »Ich glaube, ich habe ein paar erwischt«, hatte er gesagt und in sich hinein gelacht. »Schmatz, glupsch.«

»Das waren Liebespaare, du Untier«, hatte Carola geschrien. »Das waren Hochzeitspaare.« – »Um so besser.« Holger gab ihr diesen Blick, der sagte, sie solle bloß nicht an Paare denken, an Liebe und Hochzeit. Dabei stand der Termin schon fest – hatte festgestanden, jedenfalls damals im Auto auf der Landstraße. Carola wurde rot vor Scham bei dem Gedanken, dass sie ihm damals nicht den Verlobungsring ins Gesicht geworfen hatte. »Krötenmörder«, dachte sie. Gut, dass sie ihn los war.

»Morgen Massage«, sagte Saskia und streckte und räkelte sich übertrieben. »Für wen sind sie eingeteilt?« Und als Carola sie verblüfft ansah, hatte sie gelächelt. »Steht am Schwarzen Brett.« Carola hasste Leute, die immer überall gleich Bescheid wussten.

»Sehen wirklich böse aus, Ihre Ekzeme«, sagte sie und nahm einen Schluck Tee. »Manches soll ja nur noch schlimmer werden von der Behandlung hier.«

»Ich frage mich, wie diese kleinen mageren Jungen solch riesige fleischige Europäerinnen durchwalken sollen«, sagte Saskia und sah hinauf in die Palmkronen.

Mahout holte Carola an ihrer Zimmertür ab. Er führte sie an der Hand in den großen luftigen Raum, in dem die Massagekabinen nebeneinander lagen, durch weiße Vorhänge voneinander getrennt wie Hochzeitsgemächer. Mahout reichte Carola bis zum Ohr und sah aus wie fünfzehn, ein zartes braunhäutiges Kerlchen mit gescheitelten Haaren und einem großen Mund, schön geformt wie eine fleischige Blüte. Er lächelte, als er ihr half, das Tuch abzuwickeln und sich, nur in Unterwäsche, auf einen Bambusstuhl zu setzen. Der Stuhl war viel zu klein für sie, und während er ihr warmes Öl auf das Haar goss und anfing, ihren Kopf zu massieren, versuchte Carola sich zu entspannen, streckte die Beine aus und ließ die Arme baumeln. Ich muss fürchterlich aussehen, dachte sie: ein öliger weißer Koloss, ein unanständiger Fleischberg, der über die Stuhlkanten quillt. Sie war froh, dass die Vorhänge geschlossen waren. »My name Maliout. And you?« – »Carola.«

Schon als er mit ihrem Kopf fertig war und sich an ihr Gesicht machte, hatte Carola jede Äußerlichkeit vergessen und sich diesen kleinen harten Händen ausgeliefert. Dann lag sie, die Augen geschlossen und schläfrig auf dem weiß bezogenen Tisch, fühlte warmes Öl, das über sie rann, fühlte Finger, die sich in ihre Haut drückten, mal gleitend, mal zupackend, mal hart, mal beruhigend. Es gab einen Rhythmus von Griffen, dem nachzugehen sie zu träge war, es gab Luftwirbel von Bewegungen, die sie erreichten, Atemzüge, die sie streiften, Wärme, die unter Handflächen aufblühte und wieder verschwand. Sie fühlte Widerstände, die aufgelöst wurden, wie geschickt aufgeknüpfte Knoten, andere Widerstände dagegen hielten stand, und die Finger stürmten mit sanftem beschwörendem Druck gegen sie an. Carola hatte aufgehört, sich um die Grenzen und das Aussehen dieses Körpers zu scheren, der dort zwischen den weißen Vorhängen hingestreckt lag. Sie erhob sich aus diesem schweren irdischen Fleischanzug, und ihre Gedanken kollerten wie durchsichtige Kugeln leise klickernd hierhin und dorthin. Eben kniete sie nieder auf dem feuchten Sand und sah eine große Murmel, in deren Innerem sich ein blauer und ein roter Strang wie ein kleiner Wirbel ineinander drehten, aus ihren Fingern schießen, das Sonnenlicht einfangen und über Sand rollen, als über ihr eine Stimme: »Turn«, sagte, und sie begriff, dass sie sich auf den Rücken drehen sollte. »Turn«, sie lachte laut auf vor Vergnügen. »Nice?« fragte Mahout und knetete ihre Schultern. »Wonderful«, flüsterte Carola. »Too hard?« – »No.« Das Öl roch nach Sesam. Vielleicht schlafe ich jetzt einfach ein, dachte Carola vage und seufzte.

»Nice?« Mahout legte die Hände auf ihre Brüste und zwirbelte die Warzen. Carola riss die Augen auf und kam zu sich. Gehörte das zur Behandlung? Sollte das zur Lockerung beitragen? Sie hatte das verdammte Heft über diese Kur nie ganz durchgelesen. Sie schämte sich sofort dafür, mit welcher überaus irdischen Vorhersehbarkeit der Mechanismus ihres Körpers reagierte. Sie blickte in das eifrige Gesicht des Jungen und fand dort nur das unschuldig höfliche Lächeln, sonst nichts. Sie schloss die Augen und versuchte diese Berührung als Therapie hinzunehmen und nicht als Erregung. Es gelang ihr nicht, sie war zurück in ihrem Körper, einem schweren blödsinnig bedürftigen Körper, der auf die uralten Signale der Annäherung reagierte. Ihre Brustwarzen standen wie kleine Soldaten. Sollte sie jetzt nicht eigentlich Entrüstung zeigen? Sollte sie diese braunen Händchen nicht mit einem Schlag von ihren Brüsten scheuchen? Gab sie nicht damit zu, dass sie Erregung fühlte, obwohl sie doch eigentlich auf einer höheren Ebene, der Ebene der Heilsuchenden, sein sollte – offen? Vielleicht war ja hier alles anders. Die verschlungenen Körper von Göttern beim Liebesakt, die sie bei irgendeinem Diavortrag gesehen hatte – sie schmückten einen Tempel, der Himmel wusste wo – zuckten durch ihren Kopf. Das Kamasutra hatte sie auch nie gelesen. Ihr Körper aber, dieser Verräter, kümmerte sich nicht um ihre Skrupel, sondern erwärmte sich an den gewohnten Stellen und machte sich bereit, weitere Wohltaten zu empfangen. Und die wurden ihm auch gewährt. Nicht, dass die gelenkigen Fingerchen wirklich zugegriffen hätten unter dem öligen dünnen Höschen, durch das jetzt sicher das schwarze Dreieck ihres Schoßes schimmerte. Im Umkreis des eigentlichen Epizentrums gab es viele Stellen, die äußerst empfindlich und beschämend willig auf den Zugriff reagierten. Carola gab jeden Widerstand auf und schaute in das dunkle Gesicht, das sich da über sie beugte. Der Junge lächelte nicht mehr, blickte sie aber auch nicht an. Er hob seine weiße Tunika und zeigte ihr, was es da zu sehen gab, so wie man den Vorhang öffnet, um jemandem die Landschaft, einen besonders schönen, aufregenden Gipfel, zu zeigen. »Not allowed!« sagte er und machte sich an ihre Füße.

An der Hand führte er sie ins Dampfbad und blieb dort neben ihr stehen. Sie lag in einer großen nach Sandelholz duftenden Spanschachtel, unter der glühende Holzkohlenpfannen standen. Er wischte ihr den Schweiß von der Stirn und lächelte mütterlich. Carola sah Saskias Kopf aus einer neben ihr stehenden Schachtel ragen. »Ich fühle mich ganz heilig«, flüsterte Saskia. »Blöde Kuh«, dachte Carola und fasste den Jungen ins Auge, der Saskias Stirn betupfte. Ihr eigener war viel schöner, das stand fest.

Beim Abendessen, Reis und ein spinatartiges Gemüse, erfuhr Carola, dass die Masseure und anderen Bediensteten in einem Nebengebäude untergebracht waren. Sie erfuhr von Saskia, dass ihr das Kreuz wehtat, und von Ilse, die man zu ihnen gesetzt und die Magenprobleme hatte, dass sie keine Zitrusfrüchte essen durfte und einen Einlauf zu erwarten hatte. »Johanniskrautöl.« – »Wer gibt Ihnen den?« fragte Carola streng. »Der Doktor«, flüsterte Ilse. Sie hatten alle Handtücher um den Kopf und glänzende nackte Gesichter. Carola prüfte die Mienen der beiden Frauen, lauschte auf die Art, wie sie von der Massage sprachen. Sie sprachen ganz unbefangen von ihren Masseuren, und jede behauptete, ihrer sei der beste hier, das hätte sie von denen gehört, die schon länger hier waren.

Carola ließ ihre Bambustür unabgesperrt, sie wohnte im Parterre und hatte eine kleine Terrasse für sich, auf der klebrige gelbe Blumen wuchsen. Aber natürlich kam niemand in ihr Zimmer, denn die ganze Nacht patrouillierte ein kleiner schokoladenbrauner Wachmann in schokoladenbrauner Uniform um das Gebäude. Er gefiel ihr nicht.

Sie dachte an Holger und seine Haut, die sich so leicht rötete, selbst wenn man ihn nur zu fest anfasste. Sie dachte an seine entsetzlichen Sonnenbrände und wie sie ihn nachts mit Joghurt eingerieben und bei ihm ausgehalten hatte, vorsichtig an ihn geschmiegt, weil er weinerlich und trostbedürftig war, und wie heiß er sich angefühlt hatte an ihrem Rücken, als läge sie an einem Kachelofen. Sie dachte an sein Glied, dieses blassorange lächerliche Ding, auf das er so stolz gewesen war und das sie so überaus prächtig gefunden hatte. Jetzt kam es ihr fehlfarben vor und geradezu läppisch, wie ein Plastikspielzeug. Sie lauschte hinaus in den dunklen Palmengarten, hörte

Mücken sirren, ganz nahe, und Vögel oder Frösche pfeifen, ganz fern. Sonst hörte sie nichts.

Am Morgen nach der Gymnastik auf dem trockenen harten Rasen und eingelullt von der Hingabe um sie her, mit der alle übrigen auf einem Bein standen und die Hände vor die Augen hielten, um ins kosmische Gleichgewicht zu gelangen, am Morgen beim Tee, als sie zusah, wie der alte Gärtner mit seinen dünnen knorpeligen Beinen die Blumenrabatten harkte und sie mit einer Handbewegung begrüßte, als er ihre Augen auf sich spürte, am Morgen konnte sie es gar nicht mehr begreifen, was gestern über sie gekommen war. Sie sah den jungen Burschen zu, die die Teekannen und Früchte zu den Tischen trugen, und schämte sich ihrer Nachtgedanken. Die Klimaumstellung, sagte sie sich, dieses kärgliche Essen, die Kur. Was hatte sie sich versprochen von so einem Gesundheitsurlaub? Holger war daran schuld. Er hatte ihr Selbstwertgefühl untergraben. Sie aus der Bahn geworfen. Sie aus der Stadt gezwungen. Sie betrachtete die männlichen Kursteilnehmer mit lieblosen Augen. Ein übergewichtiger Kanadier mit Babygesicht, ein verhärmter Deutscher, angeblich Oberschullehrer, noch ein Deutscher, der eine Blütenkette um den Hals trug und kalte Augen hatte wie ein Seeadler. Ein undefinierbarer Mann, der allein an seinem Tisch hockte und Bücherstapel vor sich aufgebaut hatte. Auf seiner Glatze schälte sich die Haut. Und dann natürlich die beiden Schweizer, die so nett aussahen und nur Augen füreinander hatten.

Dr. Jaganat zog durch den Garten, Schwester Sa im Schlepptau. Er verteilte irgendwelche Gläschen mit gelber Flüssigkeit, die er von Schwester Sas Tablett nahm und seinen Patienten über den Tisch reichte wie eine Kostbarkeit. Er griff Carola mit einer kleinen Entschuldigung ins Gesicht und lockerte ihre Kinnlade. »Smile«, sagte er leise, »smile.« – »Fuck yourself«, murmelte sie, als er weiterzog. Saskia warf ihr einen Blick zu. »Linda will ja nun nicht mehr zu ihrem Knaben, diesem Mahout«, sagte sie und biss in einen Reisfladen. »Da, die Blonde da drüben, die mit der großen Sonnenbrille. Sie sagt, er wäre gestern zudringlich geworden – bei ihr!« Saskia fragte nicht, ob Carola ähnliche Erfahrungen gemacht habe, und beide sahen sie hinüber zu der blonden jungen Frau, die aus ihrem Saftglas trank und aussah wie ein Fotomodell mit schweren Essstörungen.

Mahout kam höflich lächelnd über den braunen Rasen und führte Carola zum Haus. »Heute nicht, bitte«, wollte Carola sagen, aber sie wusste nicht genau, wie viel er verstand und wie sie ihm erklären sollte, was sie meinte.

Natürlich lief alles wie am Vortag, und Carola fragte sich, ob sie darauf gewartet hatte und ob sie enttäuscht gewesen wäre, wenn die Behandlung anders verlaufen wäre. »Nice?« fragte Mahout, und als sie ihn nach seinem Alter fragte, verstand er sie nicht, auch nicht, als sie nach seiner Braut fragte und danach, wo er ausgebildet worden sei. Diesmal wurden seine Finger deutlich, diesmal hob er seine Tunika, und sie fühlte seine Wärme an ihrem Schenkel. Dr. Jaganat hob den Vorhang und warf einen prüfenden Blick herein. Mahout massierte unbeeindruckt weiter. »Control«, sagte er und lachte. »Not allowed.« Carola aber kam völlig aus dem Gleichgewicht nach dieser Aufregung, und in der Schwitzschachtel fragte sie sich, ob sie Mahout melden sollte, wie Linda es getan hatte, dann aber dachte sie, wie lächerlich es aussehen würde, wenn sie, in ihrem Alter und bei ihrem Gewicht, solch eine Beschuldigung gegen den Jungen vorbrächte, sie wollte auch nicht, dass er womöglich bestraft wurde, sie wollte nicht, dass er womöglich aufhörte damit. Beim Mittagessen fiel ihr plötzlich ein, dass Dr. Jaganat sie an ihren Vater erinnerte, der immer die Tür aufgerissen hatte, wenn Mitschüler bei ihr im Zimmer saßen. Er war dann unter der Tür stehen geblieben, ein massiger Mann, ohne ein Wort, und hatte die beiden jungen Menschen, die auf dem Teppich saßen und Tonbänder hörten oder Pudding aßen, aus seinen schläfrigen Augen mit den schweren Lidern in einer Weise betrachtet, dass Carola sich schuldig und beschmutzt vorgekommen war. Sie ärgerte sich darüber, wie leicht man sie immer noch einschüchtern konnte, sie, eine erwachsene Frau, die zwei Reinigungen leitete und im Bachchor sang. Wenn der Kleine Lust auf sie hatte, nun, dann wollte sie nicht knauserig sein. Der arme Junge, der den ganzen Tag an Frauenkörpern herummassierte, ohne zugreifen zu dürfen. Sie musste einen Weg finden, einen Ort, eine Zeit, sie war der Gast hier, der König, sie bezahlte weiß Gott gutes Geld, um hier in diesem Entwicklungsland bestens bedient zu werden. Fast konnte man sie als Wohltäterin bezeichnen, von ihr und ihresgleichen lebten mehr Menschen hier, als man zählen konnte. Und überhaupt. Sie gefiel dem Jungen eben, hatte sie nicht einmal gelesen, dass Leibesfülle in gewissen Ländern als Schönheitsideal und Glückssymbol galt?

Am nächsten Tag schob er seine öligen Hände ganz unter ihre Hose, sie hatte darauf gewartet und richtete sich auf, schob ihre eigene Hand unter seine Tunika und zog sie fast sofort zurück, als jenseits des Vorhangs das leise Zischen von Gummisandalen Dr. Jaganats Kommen ankündigte. Aber er ging vorbei. Sie rutschte zum Rand des Massagetisches und streckte die Beine hinunter, ihre Zehen berührten den Boden.

Der Tisch war zu hoch. Es ging nicht. Sie wollte Mahout zu sich auf den Tisch ziehen, aber er wehrte sich. »Not allowed«, flüsterte er und lachte. Der Zementfußboden lockte sie wenig. In der Nebenkabine wimmerte der Deutschlehrer unter den rhythmisch klatschenden Faustschlägen. Er hatte beim Mittagessen davon erzählt: eine Spezialbehandlung für seinen verspannten Schultergürtel. »Heiße Reisbeutel und Hiebe«, hatte er gesagt. Carola konnte ihn nicht leiden.

In der Abenddämmerung sah sie Mahout neben der Küchentür stehen. In Hosen und T-Shirt sah er erstaunlich kräftig aus und irgendwie europäisch. Sie winkte ihm zu, lockend, lächelnd. Der Küchentrakt war Sperrgebiet. Das stand auf einem der Zettel, die am Schwarzen Brett hingen: »Kein Kontakt mit dem Personal. Kein Besuch in den Zimmern. Halten Sie sich zu Ihrer Sicherheit absolut an das Areal, das für unsere Patienten ausersehen ist.« Am Küchentrakt hing ein »Off limits«-Schild, als handle es sich um ein Kriegsgebiet. Mahout winkte zurück. Der Koch kam heraus und stellte eine Kiste neben die Tür. Mahout verschwand zwischen den Büschen.

Am nächsten Tag gab sie ihm ihre Uhr, ein Rolex-Imitat. Er hatte sie, wenn er sie ihr vom Arm zog, ehe er mit seinen Ölgüssen begann, immer so verliebt an die Brust gedrückt. Er faltete die Hände vor der Brust und verbeugte sich. Sie steckte ihm ein Zettelchen mit ihrer Zimmernummer zu, dabei ein von ihr gezeichneter Plan, wo das Zimmer lag, dabei war sie sich so gut wie sicher, dass er wusste, wo er sie finden konnte. Sie wartete die halbe Nacht, hörte draußen den Wachmann hin- und herpatrouillieren und spucken. Als sie herauskam, um unter den dunklen Palmen etwas Luft zu schnappen, scheuchte er sie höflich lächelnd zurück ins Zimmer. »Please!« sagte er mehrere Male. Was für ein lächerlicher Zirkus. Es gab Aufständische im Norden, das wusste Carola, aber hier sollte es absolut sicher sein, hatte man ihr im Reisebüro erklärt.

Am Nachmittag, als alle mit dem klimatisierten Kleinbus ins nahe Städtchen fuhren, blieb Carola zurück. »Ich fühle mich schwach«, sagte sie zu Dr. Jaganat, der mit besorgtem Gesicht, Schwester Sa im Gefolge, in ihr Zimmer trat. Sie hatte gerade noch den Aschenbecher und die Whiskyflasche unters Bett schieben können. Schwer atmend betrachtete Dr. Jaganat ihre Augen lange durch eine große Lupe. »Keine Massage morgen«, sagte er. Dafür setzte er sie auf eine Reisdiät. »Trinken Sie viel von unserem Spezialtee«, sagte er, und Schwester Sa huschte später herein und stellte eine große Thermoskanne neben ihr Bett.

Carola ließ die Meute abfahren und machte sich, sobald die Luft rein war, zum Personaltrakt auf. Es war drei Uhr nachmittags und die heißeste Stunde des Tages.

Durchs Fenster sah sie Mahout auf einem der Betten liegen und in einem bunten Heftchen lesen. Er trug nur einen von diesen gebatikten Röcken und sah mit seinen ungebändigten Haaren ungeheuer appetitlich aus.

Sie begriff sofort, dass es keine Vorhänge gab in diesem Zimmer, und überlegte, ob man seinen Rock vors Fenster drapieren konnte. Er schien keineswegs erstaunt, sie plötzlich im Zimmer stehen zu sehen. Sie kniete sich vor das Bett, das sehr niedrig war und schmal. Sie küsste ihn auf diesen zart korallenfarbigen Mund, der ihr, je öfter sie ihn über sich lächeln gesehen hatte bei der Behandlung, immer begehrenswerter und einzigartiger erschienen war. Es war keineswegs ein unschuldiger Kuss. Sie wartete, dass es nun einfach weiterginge, so wie sie es bei Männern gewohnt war. Man musste sie anwerfen, wie kleine präzise Maschinchen, und dann schnurrte das Programm ab. Man brauchte sich als Frau um nichts mehr zu sorgen. Mahouts weit geöffnete Augen sahen nicht in die ihren, waren zur Seite gedreht, unter gerunzelten Brauen. Er fixierte etwas, beunruhigt, wie es schien, keinesfalls aber Carolas Gesicht. Sie folgte seinem Blick und fand das Fenster verdunkelt von jungen lachenden Gesichtern, braunen Gesichtern mit weißen Zähnen, schwarzen Augen. Sie konnte sie nicht unterscheiden, wusste nicht, ob es Kellner, Köche, Wachleute, Masseure waren. Einige Hände hoben sich gegen die Scheibe und winkten. Mahout lachte und winkte zurück. Carola kam auf die Füße.

Die jungen Männer kamen herein, setzten sich auf die leeren Betten und warteten höflich wie Zuschauer darauf, was Carola nun zu bieten hätte. Keiner sprach sie an, doch verstand sie, dass sie etwas von ihr erwarteten. Sie gab Mahout das Geldbündel, das sie in ihrer Hosentasche fand, und machte eine Armbewegung, die alle im Zimmer einschloss. Mahout stand auf, faltete die Hände unterm Kinn und verneigte sich.

Bei der nächsten Massage, die sie bei Dr. Jaganat durchsetzte – gegen seinen Widerstand und seine zweifelnd gehobenen Brauen, und sie war recht überzeugend gewesen in ihrem Unmut und ihrer Ungeduld, die Reisdiät machte sie aggressiv –, bei der nächsten Behandlung also, eingeölt wie eine riesige Robbe und ungeduldiger als jemals zuvor, beugte sich Mahout über sie und küsste sie auf den Mund, zeigte ihr die Uhr, die an einem Nagel an der Wand baumelte, und widmete sich energisch ihren Brüsten. Carola biss sich auf die Unterlippe, um nicht zu quieken vor Aufregung. Dann, nach langwierigen Reibereien auf ihrem Sonnengeflecht, machte er sich endlich an die tiefergelegenen Zonen. Zart wie Schmetterlingsflügel kamen und gingen seine Berührungen. Carola hielt den Atem an. Sie wollte es genießen. Sie wollte sich gehen lassen, wollte sich endlich auflösen. »Weiter«, flüsterte sie, »weiter so, ja.« Sie griff unter seine Tunika, fand aber dort nur rauben Jeansstoff, fingert an den Knöpfen, versuchte zu ertasten, was darunter lag, fühlte etwas sich regen.

Ein dumpfer Schlag aus der Nebenkabine, ein Stöhnen und erregte Stimmen, und Mahout löste seine Hände von ihr. Der Trennvorhang wurde aufgerissen, und sie sah Dr. Hemmerlein, den Deutschlehrer, auf dem Zementboden liegen, nackt bis auf einen blaugestreiften öligen Slip. Mahout war schon zur Stelle und versuchte mit seinem kopflos vor sich hin schnatternden Kollegen den großen glitschigen Körper aufzurichten. »Fell down«, keuchte der junge Mann, der, der immer auch Saskia behandelte. »Fell down.« Das sehe ich, dachte Carola.

Saskia hatte Stoffe und Körbe aus der Stadt mitgebracht und zeigte sie Carola umständlich und stolz, nannte die Summe, die gefordert worden war und den Preis, den sie tatsächlich bezahlt hatte. Mittlerweile duzten sie sich, und Carola hatte von Günther erfahren, Saskias Freund, der unter »ejaculatio praecox« litt und der, wenn er mit Saskia zugange war, immer in Gedanken kniffligе Rechenaufgaben zu lösen versuchte, um lange genug auszuhalten.

»Sag mal, macht dich diese verdammte Kur nicht auch ungeheuer spitz?« fragte Carola plump und rührte in ihrem Reisschleim. Saskia, etwas erstaunt über ihre Offenheit, setzte sich zurecht, stützte das Kinn auf die Hand und betrachtete Carola nachdenklich.

»Spürst du nichts?« fragte Carola, ärgerlich, sich so weit vorgewagt zu haben.

Saskia lächelte. »Also, das ist die Lebensschlange, die sich in uns regt. Sie liegt zusammengerollt im Unterleib, und man muss sie aufrichten, damit sie die Energie irgendwie leitet, oder so. Das hat uns Dr. Jaganat gestern bei den Morgenübungen erklärt. Aber du warst ja nicht da.«

»Da stand aber nichts im Prospekt«, sagte Carola wütend. »So was muss man doch wissen, vorher. Ich fühle mich hier den ganzen Tag wie eine Schimpansin in der Hitze oder der Brunft, oder wie sagt man bei den Viechern?«

Saskia machte ein überlegenes Gesicht und betrachtete Carola amüsiert. »Das ist es ja«, sagte sie. »Du sollst die Energie in deinen oberen Bereich lenken. In den Kopf, dort ist sie dann was Ersprießliches.«

»Du spürst nichts?« fragte Carola beleidigt.

»Ich spüre was«, sagte Saskia und schälte ihre Mango. »Ich schicke Günther Licht und Energie, wenn ich etwas übrig habe. Der Arme. Er steht doch im Examen.« Günther war Betriebswirtschaftler.

Das fehlte noch, dachte Carola, nicht ein Milligramm Energie hatte sie für Holger übrig. Vielleicht wurde man ja krank, wenn man diese verdammte Energie nicht richtig lenken konnte. Sie fühlte sich so elend die ganze Zeit.

»Dir gefällt Dr. Jaganat wohl auch«, räumte Saskia ein. »Der gefällt uns allen, aber da geht gar nichts.«

»Woher weißt du das?« fragte Carola.

»So was sieht man doch. Es ist doch unerlässlich für eine Frau von heute, abzuchecken, wer für sie in Frage kommt.«

Mangosaft lief über ihr Kinn. »Gibt es etwas Unwürdigeres für eine Frau, als sich nach einem Mann zu verzehren, der nicht passt? Nein, nein, das haben wir in der Frauengruppe alles durchgehechelt. Das sind diese schrecklichen Projektionen ›Ich will den, der mich nicht will‹. Davor muss man sich hüten ...«

»Aber oft weiß man doch gar nicht, ob einer wirklich ...«

»Ach, Carola. Männer sind doch so einfach zu lesen wie Tageszeitungen. Was hat Dr. Jaganat gesagt ... Nein, das war dieser Kanadier auf dem Ausflug, ein netter Kerl übrigens, Ornithologe, der hat gesagt: ›If you are hot, you are hot, and if you are not, you are not.‹ Das hat er von sich gesagt, und darüber, wie er's mit der Sexualität hält. So einfach ist das.«

Carola dachte, dass ihr schrecklich heiß wäre und ob es ihr wohl Linderung verschaffen würde, Saskia einen Fausthieb in ihr mangoverschmiertes Mundwerk zu verpassen, aber sie kam davon ab.

»Kann ich mich zu euch setzen?« Es war Dr. Hemmerle, der Oberlehrer. Er war ein ruhiger Tischgenosse, denn während er aß, las er in seinem Buch »Eisenhans«.

Bei der nächsten Behandlung blieben die Vorhänge zur Nebenkabine halb geöffnet, damit Mahout eventuell rasch eingreifen konnte, wenn Dr. Hemmerle wieder einen Schwächeanfall erleiden sollte. Dr. Jaganat hatte Hemmerle und Carola zu sich beordert, um die Situation zu klären. »Wenn es Ihnen unangenehm ist – einem von Ihnen –, finden wir eine andere Lösung«, hatte er gesagt. »Sie sollten sowieso wieder aussetzen mit der Behandlung«, er hob die Brauen und betrachtete Carola beunruhigend väterlich. »Sie haben einen besonders empfindlichen Metabolismus.« Carola gab ihm recht, bestand aber auf weitere Behandlungen, quengelnd wie ein Kind. Dr. Hemmerle, der ab und zu unkontrolliert auflachte und mit den Fingern seine öligen Haare zurechtkämmte, hatte gesagt, ihm wäre alles recht.

Mahout, lächelnd und in Blickkontakt mit seinem Kollegen von nebenan, gab Carolas Brüsten ein paar liebevolle Schnalzer und rieb ihr Schambein unter der öligen Hose mit dem Handballen, bis es glühte. Mehr gab es nicht.

Nachts stand plötzlich Dr. Hemmerle in Carolas Zimmer. Sie erkannte ihn sogleich an seinem Umriss, den etwas abstehenden großen Ohren. Wie hatte er das Wachpersonal umgangen?

»Zeus verschafft sich Zugang zu Danae in Form eines Goldregens«, sagte er später. »Das können wir so übersetzen, dass er die Wachen bestochen hat, nicht wahr?«

Carola war froh, dass es dunkel war, froh auch, dass Dr. Hemmerle weder viel Lärm machte, noch irgendwelche ausgefallenen Darbietungen in seinem Programm hatte. Er erwähnte auch zu ihrer Erleichterung weder die Schlange in seinem Unterleib, noch ließ er sich über den positiven Austausch vaginaler Lebensenergie aus. Sein Vorspiel gestaltete sich handfest und pflichtbewusst, das störte Carola nicht weiter, was das Vorspiel anbetraf, hatte sich bei ihr ein gewisser Vorrat angestaut.

»Da haben's aber zwei so richtig nötig«, flüsterte Dr. Hemmerle zutraulich. Solch ein Satz hätte Carola früher empört, so aber sagte sie nichts weiter als: »Was für ein Öl kriegen Sie denn drauf, das riecht ja wie Mettwurst.«

»Ich bin ein Gammatyp, das ist Gammaöl.«

»Ich bin Delta«, keuchte Carola.

Er war ein Routinier und erkannte in Carola eine Frau im fremden Land, die etwas heimische Kost vertragen konnte, ohne gleich falsche Schlüsse zu ziehen.

Später dann, nach einem kleinen Gespräch, trollte er sich, ohne großes Getue.

Carola setzte ihre Diät ab, und Dr. Jaganat versprach ihr einen Öleinlauf.

Thea nahm die Straßenbahn zum Park. Es trieb sie hinaus, wie sie es nannte. Ein lauer Morgen, gerade richtig für den neuen perlgrauen Übergangsmantel.

Früh schon hatte die Amsel im Hof gesungen. Sie lag da und gab sich in der Dämmerung jener seltsamen Unruhe hin, die in ihrem Alter, leider immer, mit vagen Gelenkschmerzen einherging. Ein sonniger Tag stand ihr bevor. Sie würde den Hut tragen, mit dem blauen Band, und helle Schuhe. Der Frühling ist da, sagte sie sich, und während sie sich die Füße wusch, dachte sie an Rollschuhlaufen als Kind und das Gefühl von Röcken, die einem angenehm um die Beine schlagen, weil man zum ersten Mal Kniestrümpfe anziehen darf.

Als Kind kommt einem der Frühling vor wie ein bunt verpacktes Paket, das man aufschnürt, um Überraschungen darin zu finden. Nun war sie alt und musste verschnaufen, nachdem sie sich ächzend die Nägel geschnitten hatte, an den großen Zehen. Das hatte früher Bruno, ihr Mann, für sie erledigt, und gerne, denn es gab ihm Gelegenheit, ihre schönen Beine zu streicheln. Jedenfalls hatte er das behauptet. Die Frau, mit der er sich davonmachte, hatte keine Beine, jedenfalls konnte man diese beiden konturlosen Stelzen nicht als Beine bezeichnen.

Thea stieg in die Straßenbahn, setzte sich ans Fenster und wartete ungeduldig auf das erste helle Grün der Bäume zwischen den Häusern. Da war sie wieder, diese sehnsüchtige Unruhe. Der Tag, der gerade begonnen hatte, hielt etwas für sie bereit.

Thea wusste wohl, in welche Reviere der Park eingeteilt war: Da gab es die Haselgehölze um den Bach, in denen sich die Liebespaare ergingen, die großen, flachen Wasserbecken für die Familien mit Kindern und Hunden, die Bänke in der Sonne, von denen aus die eingemummten Alten dem Treiben zusahen.

Der kleine, freche Wind versuchte ihr den Hut vom Kopf zu heben, als sie etwas atemlos vorbeischritt. Sie war noch gut zu Fuß – wenigstens an den meisten Tagen.

Den Weiher hatte sie für sich entdeckt. Es waren ihr Schilf, ihre Schwäne und ihre Marmorbank, die auf sie wartete. Theas Revier, etwas abgelegen und spärlich bevölkert von Leuten, die Thea insgeheim als »bessere Leute« bezeichnete. Man kam in stiller Übereinkunft zu diesem Weiher, das hatte sie schon immer so empfunden. Man liebte die Abgeschiedenheit.

Thea hatte schon einige Bekanntschaften gemacht, an diesem geheimen heiligen Ort, wie sie ihn bei sich nannte. Männerbekanntschaften natürlich. Frauen kannte man wirklich schon genug.

Ein Herr saß auf ihrer Bank. Das Lichtflimmern der Wasserfläche verwischte seine Umrisse. Thea sah sonst noch recht gut. Sie näherte sich zögernd, um ihn in Augenschein zu nehmen. Er hatte, das bemerkte Thea sogleich, das, was man einen »guten Kopf« nennt: Profil mit deutlicher Nase, viel Stirn und vorspringendes Kinn, dazu dichte Haare, wie weißes Fell. Er sah nicht auf, als Thea sich zu ihm setzte, ans andere Ende der Bank.

Ihr war, als hätte sie ihn schon oft gesehen, aber nie gesprochen. Sie beäugte ihn vorsichtig. Vielleicht einer von diesen Sprechern aus dem Fernsehen, deren Gesichter einem so vertraut wurden, dass man sie schließlich für Bekannte hielt. Warum auch nicht?

Als er sich ihr zuwandte und sie in Augenschein nahm – ja, er nahm sie in Augenschein, bemerkte den Hut aus feinem Stroh, die Rosenquarzkette und die Beine, die Thea anmutig angewinkelt und dicht beieinander hielt –, als er sich ihr zuwandte, erkannte sie ihn gleich. »Was für ein Tag«, sagte er und blinzelte zum See hinüber. Thea, vor Aufregung atemlos, schwieg. Er war es, der große Geiger, der immer in den Zeitungen war, dieser, begnadete Musiker, den Intrigen aus Deutschland vertrieben hatten und der nun im Ausland lebte. Hier saß er, neben ihr, Thea, auf der Marmorbank. Ärgerlicherweise fiel Thea sein Name nicht ein, eine Geißel des Alters. Sie hatte angefangen, ihr Gedächtnis zu üben, indem sie Gedichte auswendig lernte und sich vor dem Einschlafen hersagte. Wie hieß er bloß? Er lächelte, und seine Hand, eine feinnervige Hand, man konnte es nicht anders sagen, natürlich, die Hand eines Musikers, diese Hand wischte über sein Gesicht, als wolle er eine Spinnwebe abstreifen. Er ist er schöpft, und sucht hier Erholung, sagte sich Thea. Auf keinen Fall will so ein Mann belästigt werden, mit Fragen nach seiner Person.

»Ja, ein prächtiger Tag«, flüsterte sie und kreuzte die Beine. »Kommen Sie oft her?«

»Nein«, sagte er, und er sagte es mit so tiefer und bedeutsamer Stimme, dass ihr eine Gänsehaut über den Rücken lief. Thea machte sich nicht viel aus Musik, und ihre Kenntnis der Klassik beschränkte sich auf ein paar Platten, die sich irgendwie bei ihr eingefunden hatten. Sie legte sie manchmal auf, wenn ihre Freundinnen zum Tee kamen, um ihnen zu zeigen, dass sie, Thea, eine kultivierte Frau war. Nun aber schien es ihr angebracht, über Musik zu reden, und sie, die sich heimlich brüstete, jede Art von Konversation führen zu können, machte sich entschlossen daran.

»So ein Tag ist wie Musik«, sagte sie leise.

»Das ist wahr.«

»Ist das nicht wie Mozart?« Sie umfasste mit einer weiten Geste den See, die Bäume und den Himmel darüber, blau wie ein Vogelei.

»Hm.«

»Ich liebe Mozart.«

»Die Natur erwacht«, sagte er, und wie schön er das sagte. Er schaute dabei hinauf in die Bäume. Er wollte nicht über Musik reden. Na gut.

Thea ließ von der Musik ab und wandte sich unverfänglicheren Themen zu. Sie schilderte ihren Kuraufenthalt in Ungarn, der große Geiger berichtete von seiner Bruchoperation. Ein Mensch wie du und ich, sagte sich Thea, als sie gemeinsam zur Straßenbahn gingen, obgleich es sie etwas stutzig machte, dass er Straßenbahn fuhr. Im Geheimen hatte sie einen Wagen mit Chauffeur erwartet.

»Was für ein schöner Tag«, sagte er zum Abschied, als er nach vier Stationen ausstieg. Das galt ihr und ihrer Gegenwart, das wusste Thea. Sie hatte ihm wohlgetan.

Am nächsten Tag machte sich Thea zu einem Plattenladen auf und verbrachte den ganzen Vormittag damit, in der Abteilung »Geigenmusik« herumzustöbern. Sie fand zwei Platten mit Mahmut Posers Foto auf der Hülle. Ja, er war es, wenn auch viel jugendlicher und magerer als heute. Die Plattenauswahl war klein, vielleicht sollte sie sich einen CD-Player kaufen. In den Hüllen, die sein Foto trugen, steckte Bartók und Schostakowitsch. Beides keine Musiker, die ihr lagen. Sie kaufte trotzdem beide.

Auf den kommenden Sonntag bereitete sie sich gut vor. Las nach, was im Lexikon über die beiden Komponisten zu finden war, und übte im Falle, dass es nicht zum musikalischen Austausch käme, ein Mörike-Gedicht ein. Schließlich war solch ein Mann gewiss für Lyrik aufgeschlossen, und mit Mörike lag man nie falsch.

Sie hatte es so erwartet, und wirklich, als sie um die Wegbiegung kam, sah sie ihn sitzen, am selben Platz. Sie fühlte, wie sie lächerlicherweise errötete. Diesmal hatte sie sich vorgenommen, wenn auch aufs diskreteste und sanfteste, in ihn zu dringen, schon allein deshalb, weil alle Freundinnen, denen sie von ihm erzählte, ihr nicht hatten glauben wollen.

Er lächelte, als sie sich neben ihn setzte, und begann sofort ein Gespräch über die Schwierigkeiten bei der Paarung seines alten Boxerrüden mit einer unwilligen, aber edlen Hündin. »Sie lässt ihn nicht ran«, sagte er traurig, und Thea fühlte mit ihm. Es war nicht leicht, das Mörike-Gedicht einzubauen, aber Thea gelang es. Sie wollte ihm die Botschaft übermitteln, dass er es mit einer verwandten Seele zu tun habe und es nun wagen könne, seine Maske fallen zu lassen.

Er ließ Mörike und das flatternde blaue Band über sich ergehen und blickte auf seine Schuhspitzen. Er war ergriffen, das konnte Thea sehen, aber er sagte kein Wort.

»Ich weiß, was Sie fühlen«, sagte Thea leise. »Ein Künstler wie Sie muss sich schützen, ein Künstler wie Sie …«

Er ergriff ihre Hand und führte sie zum Mund. Erst jetzt bemerkte Thea, wie ausgefranst seine Manschetten waren, wie zerknüllt sein Jackett, wie seine Hose um die Knie beulte. Nichts als Musik im Kopf, dachte sie flüchtig und gab sich dann dem Genuss seiner Lippen auf ihrem Handrücken hin.

»Darf ich Sie heute nach Hause bringen?« stammelte er.

Thea zögerte. Das gehörte sich einfach so. Aber konnte man ihn mit diesem für gewöhnliche Männer gedachten Maßstab messen?

Auf dem Weg zur Straßenbahn sprachen sie kein Wort. Thea musste für die Fahrkarten aufkommen, denn, obgleich er seine Taschen beklopfte, fand der zerstreute Musiker keine Geldbörse. Sie tat es gerne, sie sah sich mit schulterfreiem Kleid in der ersten Reihe von Konzertsälen sitzen, sah ihn neben ihrem Teetisch stehen und geigen, während ihren Freundinnen die Tränen über die Wangen liefen. Gut, dass sie die Wohnung mit Blumen geschmückt hatte. Der große Geiger würde ihr Gast sein. Auch das Bett war frisch bezogen, man wusste ja nie …

Als er ihr in die Straßenbahn half, streichelte er ihre Wade und murmelte: »Schöne Beine.«

Ein Mann wie du und ich, das hatte sie von Anfang an gespürt.

Von Tee wollte er nichts wissen, auch nicht von Streuselkuchen, dabei hätte ihm Thea gerne ihr englisches Service vorgeführt. Er saß in ihrem Fernsehsessel und trank alle drei Bierflaschen leer, die sie im Hause hatte.

Es war nicht leicht, ihn zu einer Unterhaltung zu bringen, er wollte reden, das ja, aber er wollte nicht zuhören. Er machte Thea ganz hilflos mit seinen langen Monologen: Die Menschen hatten ihn enttäuscht, die Welt hatte ihn nie verstanden, die Politiker belogen ihn, Frauen waren gefährlich, habsüchtige Blutsaugerinnen, Gesetze gab es nicht, dafür Ausbeutung und Entmündigung des Einzelnen. Man wurde kaputt gemacht und dann auf den Müll geworfen. Man zählte nicht.

Thea trank mit steigender Unruhe Tasse um Tasse. Sie holte zwei weitere Flaschen Bier bei der Nachbarin und sagte sich, dass ein Künstler eben doch ein Mensch anderer Machart sei, einer, dem alles zu nahe ging, einer, der seine empfindliche Seele nicht immer schützen konnte vor der Gewalttätigkeit der Welt. Auch sie fühlte sich oft hilflos wie eine Dreijährige. Der Hausmeister wurde beleidigend, als sie ihn zum zweitenmal anwies, ihren tropfenden Wasserhahn zu reparieren. Hundert Gramm Tee kosteten jetzt schon DM 8,50, und auf der Caféterrasse hatte eine junge Frau Kaffee auf ihren Schal getropft, es aber sogleich wutentbrannt abgestritten. Sie verstand ihn. Auf ihre behutsamen Fragen nach seinem Werk, seinem Leben, seiner Kunst, reagierte er mit einer Gereiztheit, die sie sofort verstummen Ließ. Er betrachtete sie aus schmalen bösen Augen und fragte sie rundheraus, auf welcher Waage sie Menschen wiege und was für sie an einem Mann zähle. Sein Einkommen? Sein Erfolg?

Thea wusste nicht weiter.

Als er aufstand und sie festhielt, sie wollte eben das Tablett mit der Kristallkaraffe und den Schnapsgläschen auf den Tisch stellen, schaute sie ihm kopflos vor Aufregung und Hilflosigkeit in sein plötzlich so nahes Gesicht. Er roch nach Bier und lange nicht gewechselten Kleidern. Was wollte er?

Sie ließ sich von ihm ins Schlafzimmer führen, zuerst allerdings in die Küche, denn er kannte sich nicht aus in ihrer Wohnung.

»Muss schlafen«, sagte er und taumelte, ohne sie loszulassen, »müssen schlafen!« Damit war auch sie gemeint. »Jetzt? Gleich?« fragte sie so damenhaft sie konnte. »Ich glaube, Sie sollten jetzt gehen, es ist spät geworden.«

»Alles runter«, sagte er und zerrte an ihrer Bluse. »Komm

schon.« Sie fürchtete sich ein wenig vor ihm. Er hatte einen so glühenden Blick, als er das sagte, andererseits, was hatte sie zu verlieren? Kein Mensch musste es erfahren, und wann war es gewesen, dass jemand ihrer so offen und dringlich als Frau bedurfte? Sie zwang sich, ruhig zu bleiben, schloss die Vorhänge, hörte ihn hinter sich ins Bett kriechen, er trug, wie sie feststellte, ein dunkelblaues geripptes Unterhemd. Sie wollte ins Bad, aber er hielt sie an der Hand fest. Gut, dass sie das hübsche malvenfarbene Korsett trug, das nicht allzu gepanzert wirkte und Spitzen am Brustteil hatte. Er sah ihr nicht zu beim Ausziehen, das rechnete sie ihm hoch an. Er starrte an die Decke, an der die tellergroße Sonne hing, eine Glasleuchte, die sie in Venedig gekauft hatte. Sie legte sich zu ihm, so würdevoll sie konnte, und er rollte sie mit erstaunlicher Kraft auf die Seite und fügte sich an ihren Rücken, als habe er das schon immer getan. »Schlafen Sie«, sagte er leise. »Was für ein schönes Bett«, und damit schlief er ein. Er schnarchte nicht.

Thea fühlte sich fremd, so von ihm umfasst und ungewohnt um diese Zeit in ihrem Bett, wenn draußen noch die Sonne schien. Sie hörte Musik, nichts Klassisches, es war eine Art wehmütiger Walzer, der in ihrem Kopf wirbelte und jauchzte. Gut, dass er das nicht hören kann, dachte sie und fühlte, wie der Schlaf sie übermannte. Erstaunlich, dachte sie noch.

Später, viel später, draußen war es schon dunkel, und die Reklame von der Bar gegenüber warf ihren neonblauen Schein auf die geschlossenen Vorhänge, später dann also ließ sie sich geduldig von ihm aus ihrer Verschnürung haken und zog ihm als Antwort sein Hemd über den Kopf.

Ich sollte mich wie ein junges Mädchen fühlen, dachte sie, das heißt es doch immer, aber ich fühle mich einfach wie eine

Frau, und das macht mir nicht das Geringste aus. Warum sollte eine Frau in meinen Jahren nicht nehmen, was ihr der Frühling schenkt: einen Mann in ihrem Bett. Eine Hand, die sich auskennt, einen Mund, der zwar nach Bier schmeckt, aber wohltut. Nichts entging ihr, der Atem, die Seufzer, die kleinen innigen Geräusche der Liebe. Ihr Schlafzimmer schien ihr wie eine große neonblaue Seifenblase durch die Nacht zu treiben, losgelöst, schillernd und vergänglich. Was bedeutete ihr das?

»Soll ich Musik auflegen?«fragte sie ihn später und wischte an seinem Gesicht herum, auf dem männlich duftender Schweiß stand.

»Bloß keine Klassik«, sagte er leise. »Da krieg ich immer Magenweh davon. Das ist Bauchwehmusik. Bleib einfach da.«

»Du bist kein Geiger«, sagte sie und schob sein Gesicht an ihre Schulter. Er lachte.

»Was hast du bloß immer mit deinem Geiger?« sagte er. »Ich habe Hunde gezüchtet, ehe ich Pleite ging, nach der Scheidung, und jetzt bin ich seit Jahren arbeitslos.«

»Du könntest bei mir wohnen. Ich habe eine gute Rente« hörte Thea sich sagen.

»Haben wir noch Bier?« fragte er.

Hubert liebte die Frauen nicht, aber sie liebten ihn. Vielleicht kam das daher, dass er sich vor ihnen fürchtete. An Sommernachmittagen, wenn sich die Frauen seiner Familie auf dem Balkon unter dem Sonnenschirm um den Kaffeetisch drängten, hasste er sie sogar. Seine beiden Schwestern, seine Mutter und Tante Lene, sie alle redeten durcheinander und bohrten ihre Gabeln in den glibberigen Obstkuchen. Sie trugen diese ärmellosen Kleider, aus denen ihre keulenförmigen Oberarme quollen, und entblößten beim Ordnen ihrer Frisuren die feuchten Haarbüschel in den Achselhöhlen. Sie schoben Gabeln voll Sahne in ihre großen rot gefärbten Münder, schlugen kreischend nach Wespen und schafften es, dass Huberts Ohren vom vibrierenden Ton ihrer hohen Stimmen schmerzten.

Hubert, lang und mager wie Papa, wollte sich nicht zu ihnen setzen. Er lehnte am Balkongeländer, ein Büchlein in der Hand, und wies die dargebotenen Kuchenteller zurück. Papa war desertiert, vor Jahren schon hatte er sich aus dem Staub gemacht und Hubert bei den Frauen zurückgelassen. Diese Frauen liebten ihn abgöttisch und mitleidig: »Unser armer kleiner Hubert hat nur Bücher im Kopf.« Sie betasteten seine Rippen und unterhielten sich in Bühnengeflüster über seine Magerkeit, seine Männlichkeit und seine Missstimmungen. Dann lachten sie herzhaft und ohne Arg und versuchten ihm Teller, übervoll mit Essen, aufzudrängen. Hubert aber zeigte es ihnen. Er verweigerte alles und blieb dürr, hungrig und in seine Bücher verloren.

Abends, wenn er sich endlich im Badezimmer breit machen konnte, in dem noch Wolken von Frauendunst hingen, betrachtete er sich im Spiegel und fand sich bleich und schön, wie er es neulich in einem russischen Roman gelesen hatte, danach rollte er sich auf dem Sofa ein, auf dem liebevolle Mutterhände ihm jeden Abend sein Bett herrichteten. Seit Tante Lene eingezogen war, kampierte er im Wohnzimmer.

Nun hätte man glauben können, dass Hubert, umgeben von Frauenfleisch, allem Weiblichen abgeschworen hätte, aber dem war nicht so. Nachts plagten ihn die abartigsten Träume. Gewaltige Frauenhände hoben ihn auf und entkleideten ihn – der nicht größer war als ein Daumen – geschickt und ohne viel Federlesens. Er wurde in die Lüfte gehoben und an einen riesigen Mund gedrückt, Lippen wie Kumuluswolken und mohnrot. Im Traum hatte er keine Angst, wenn eine riesige Zunge auf ihn zuquoll und er sich alsbald von hinten und vorne liebkost fand. Mit Schleim überzogen und nass wie ein neugeborenes Kalb, verweigerten ihm seine Glieder den Gehorsam, lieferten ihn den rosigen Zungen aus, ja hießen sie mit einem Erschauern willkommen.

Am nächsten Tag kicherten die Frauen, wenn sie sein Bett machten. In wachem Zustand ekelte ihn vor seinen Traumbildern, und er behandelte die um ihn bemühten Frauen mit noch größerer Kälte als sonst. Sie bemerkten es nicht einmal.

Aber auch tagsüber entkam er seinen Träumen nicht. Er stand im Buchladen, in dem ihm Tante Lene eine Lehrstelle besorgt hatte, und fasste alle Frauen ins Auge, und es waren viel mehr Frauen als Männer, die vor den Büchertischen herumgingen, herumkramten, herumlasen und ihn um Rat fragten. Er galt als belesen, ja als Bücherwurm, unbestechlich in seinem Urteil. Die beiden ältlichen Buchhändlerinnen, die ihn ihren »begabten jungen Kollegen« nannten, zählten nicht zu den Frauen. Sie schienen ihm Wesen eigener Art zu sein. Wer wusste, ob in ihren Adern Blut floss und ob sie jemals schwitzten? Das machte sie ihm lieb und angenehm. Sie kochten ihm Kaffee und lobten seine Krawatten. Wenn wenige Kunden im Laden waren, hielten sie einen kleine Schwatz mit ihm und zeigten sich beeindruckt von seiner Bildung und seinem Sendungsbewusstsein. Nur er wusste, wie erniedrigend er es fand, schlechte Bücher zu verkaufen, wie unsicher ihn die zudringlichen Kundinnen machten. Er litt unter seinem Geheimnis.

Hubert begutachtete alle Frauen, musste alle Frauen prüfen, es war wie ein Zwang. Er sah zu, wie sie sich die Nasen putzten, die Finger anfeuchteten, um zu blättern, wie sie nach dem Portemonnaie kramten. Er zog sie aus, stellte sich vor, wie sie vor ihm knieten und wie er lachend aus dem Zimmer ging. Er, in Sicherheit, verschanzt hinter seinen Büchern, studierte sie wie eine seltsame Spezies. Er suchte nach Fehlern und fand sie, er suchte nach Ekel und fand ihn. Es war leicht, sich über sie zu erheben: Er wollte nichts von ihnen. Sie aber wohl von ihm. Mechti und Carola, die alten Streitrösser, wie er sie nannte, warfen sich Blicke zu, wenn ihn eine jener Schwärmerinnen in eine Ecke drängte und auf ihn einredete, ihm die Krawatte zurechtrückte oder sich überschwänglich für seinen guten Rat bedankte.

»Du machst dir nichts aus Frauen«, sagte Carola eines nachmittags beim Kaffee im engen Hinterzimmer. »Magst du Männer?«

Mechti lachte und wies Carola zurecht. »Sei nicht so indiskret, Liebes. Er liebt seine Bücher, das sollte uns genügen.«

Hubert senkte den Kopf. Sein Körper, dieser Idiot, verlangte nach Frauen, das war ihm bewusst, der Rest aber verweigerte sich ihnen mit aller gebotenen Vorsicht und Vernunft.

In der folgenden Nacht gerieten ihm seine Träume noch ausschweifender als jemals zuvor.

Er kletterte über seine Riesin hin, nachdem ihn ihre schenkeldicken Finger in einem kleinen hastigen Bogen auf ihrem Bauch abgesetzt hatten. Er stolperte in die Nabelgrube, rappelte sich auf, um sogleich wieder hineinzupurzeln. Sie lachte, irgendwo da oben und so laut wie ein Gewitter. Das dunkle Gehölz zwischen den aufragenden Schenkeln schreckte ihn, ja erfüllte ihn mit bösen Ahnungen. Er wandte sein Gesicht den Zwillingssonnen zu, die er weit entfernt am Horizont aufgehen sah. Das blonde Gras um seine Füße hatte sich aufgerichtet. Es war nicht leicht voranzukommen, nun da sich ein neues Beben ausbreitete. Unter seinen Füßen rauschte es von unterirdischen Wasserläufen. Sein Körper ließ ihn wie immer im Stich. Die Finger kamen ihm zu Hilfe, prüften spielerisch, was sich ihnen entgegenstreckte, hoben ihn auf und schoben ihn, ehe er sich's versah, zwischen die Hügel der Brust. Dort blieb er eingeklemmt, wie eine Laus zwischen Fingerkuppen. Unter ihm dröhnten zögernde Trommelschläge. Er verlor die Besinnung.

Im Laden am nächsten Morgen schien ihm Mechtis Brustpanzer allzu nahe zu kommen, als sie ihm beim Nachschlagen im VLB zur Hand ging. Carola, unbedenklich flach unter ihrem Männerhemd, reichte ihm den medizinischen Atlas, den er mit fahrigen Fingern bei den Kochbüchern gesucht hatte. Er besah sich den aufklappbaren Frauenkörper ohne Regung. Er studierte die rosa gefärbten Querschnitte und las halblaut die lateinischen Namen. Mechti machte seinen Studien ein Ende und schickte ihn zu wartenden Kundinnen, die seiner bedurften. Er empfahl ihnen die Bücher der Bestsellerliste. Was wusste er schon, was solchen Wesen gefiel?

Ehe er an diesem Abend aus dem Laden entlassen wurde, bürdeten ihm die Damen einen Stapel Kunstbücher auf, die er auf dem Heimweg abzuliefern hatte – bei Frau Ellenried, einer guten Kundin, die stets alles zur Ansicht erhielt, was sie verlangte. Frau Ellenried arbeitete an einem »herrlichen Buch«, wie Carola zungenschnalzend sagte, das die Gestalt der Frau in der Kunst zum Thema hatte: »Hetären und Heroinen«, fügte Mechthild jubelnd hinzu und gab ihm einen Klaps auf den Hintern, als sie ihn entließ.

»Irgendwie hat der Kleine einen Triebstau, so kommt er mir vor«, hörte Hubert sie sagen, als er vor der Tür breitbeinig die Last der Bücher auszubalancieren suchte. »Er ist noch Jungfrau, da wette ich«, rief Carola von der Leiter, auf der sie stand. »Feministinnen«, dachte Hubert angeekelt. Wenigstens waren die Frauen zu Hause, was das betraf, dumpfes Schlachtvieh. Heulereien bei fehlgeschlagenen Männergeschichten gehörten dort zur Tagesordnung.

Frau Ellenried – und Hubert konnte sich nicht erinnern, sie je im Laden, geschweige denn unter seiner Fan-Gemeinde gesehen zu haben – öffnete die Tür in einem Aufzug, den Hubert fast als Beleidigung empfand. Eine kleine drahtige Person mit einem dottergelben Haarschopf, der, nachlässig aufgesteckt, von ihren Händen ständig daran gehindert werden musste, sich aufzulösen. Ihr Alter war unbestimmbar im trüben Licht des Vorraums, ihr Körper verborgen unter einem riesigen angeschmuddelten Männernachthemd – gebieberte Baumwolle, Huberts Mutter nähte solche Hemden.

»Mein Inspirationsgewand«, rief Frau Elfenried mit hoher Kinderstimme. »Legen Sie alles hier ab.«

Die Wohnung, eine Buchwüste, nein eine papierene Karstlandschaft unterbrochen von wilden Zeitungshaufen, auf denen schmutzige Schuhe standen, Äpfel lagen und Katzen saßen.

»Sie nehmen einen Tee?«

Hubert, von seinen Damen angehalten, liebenswürdig zu sein, vor allem zu guten Kundinnen, setzte sich halbherzig auf einen Lederpuff, der unter ihm nachgab.

Aus Frau Elfenrieds Frisur rieselten Haarnadeln auf den Tisch, als sie mit einer beherzten Bewegung ein paar Taschenbücher von der Tischplatte schob, um seine Tasse abzustellen.

»Glück gehabt. Heute Tee aus weißem Ingwer, für Männer das Beste, gleich nach Austern«, sagte sie und ließ sich aufs Sofa fallen. Der Tee schmeckte wie verdünnte Katzenpisse.

»Gerade im richtigen Moment«, rief sie atemlos. »Ich brauche eine männliche Testperson, also stellen Sie mal den Tee weg.«

»Man erwartet mich zu Hause zum Abendbrot«, sagte Hubert mit aller Würde, die er aufbringen konnte. Frau Ellenried winkte ab. Sie schob ihn auf seinem Sitzpuff zurück und klappte eine Mappe vor ihm auf, in der große glänzende Farbkopien von Gemälden lagen.

»Also, ich dachte so.« Frau Ellenried stützte sich mit dem Ellbogen auf sein Knie und fing an zu blättern. Hubert, nun wieder gefasst, da er dieses seltsame wirrhaarige Huhn keinesfalls als gefährlich empfand, beugte sich über die Mappe. Lauter Frauen. Zuerst einige unsäglich fette gesichtslose Figürchen, die ihn vage an Schulbesuche im Museum erinnerten, dann zarte Holzpüppchen mit schwarz umrandeten Augen. Ägyptisch? Weiter. Er ließ steinerne Brüste und Schultern unter steinernen Faltenwürfen über sich ergehen, danach rehäugige Engelsgestalten mit Korkenzieherlocken, um dann plötzlich genauer hinzusehen. Nackte Frauen, nackte fleischige Frauen, die auf Diwanen lümmelten, die Hand zwischen den Beinen. Nackte sehnige Frauen, die in Zubern hockten und sich wuschen. Nackte schmuckbehangene Frauen, die in dunklen Räumen tanzten, leuchtend wie Wunderkerzen, nackte Frauen, denen sich Männergestalten zugesellten, von denen nur noch dunkle Arme und Hände zu sehen waren. Ein kleiner Junge, der die Brustwarze einer Frau streichelte, sie öffnete halb den Mund und blickte mit verschwommenem Blick ins Weite.

»Na?« Frau Ellenried sprach dicht an seinem Ohr. Sie griff in seinen Schoß, und was sie dort fand, entlockte ihr ein tiefes Gurren. »Sieh an!«

Ehe Hubert sie daran hindern konnte, hatte sie zutage gefördert, was dort im Dunklen gewachsen war, wie ein Spargel aus weichem Erdreich. Sie umfasste den Emporkömmling und ließ ihn nicht aus der Hand, während sie Hubert mit der anderen unter die Achsel griff, um ihn aufzurichten. Er hätte der kleinen Person nie so viel Kraft zugetraut. Da standen sie, gottlob war es nicht allzu hell im Zimmer, und Frau Ellenried hielt Hubert, der auszubrechen suchte, fest bei der Stange, brachte ihn mit ein paar gezielten Griffen ihrer unnachgiebigen Finger zum Keuchen, und führte ihn dann hoch erhobenen Hauptes, sorgsam den Pfad zwischen den Bücherbergen suchend, aus dem Zimmer, ganz so wie man einen Blinden an der Hand führt. Und Hubert war praktisch blind. Die Büchergebirge um ihn wogten wie kantige Brecher. Auf dem Gang traf ihn ein kühler Lufthauch, aber ehe er ganz zu sich kam, umschloss ihn das wärmende Futteral von Frau Ellenrieds Mund gerade dort, wo er abzukühlen drohte, sie hockte vor ihm auf dem Boden, eifrig damit befasst, keinerlei Ernüchterung zuzulassen. Seine Hände fielen kraftlos in das helle Haargestrüpp, und seine eigene, fortschreitende Auflösung wiederholte sich in der Auflösung, die er unter seinen Händen fühlte. Das Geräusch der aufs Parkett regnenden Haarnadeln traf ihn in seiner fürchterlichen Offenheit wie scharfe, metallische Trommelwirbel, die die gespannte Haut seines Körpers zum Vibrieren brachten. »Gib mir zu trinken«, nuschelte Frau Ellenried undeutlich und dringlich, und das tat er, hatte er doch mittlerweile jede Art von Kontrolle verloren. Er ließ sich so, wie er jetzt war, weniger griffig, ins Schlafzimmer führen. Um ihn her in der Dunkelheit gingen Bücherlawinen zu Boden. Zeitungsblätter wickelten sich um seine Knöchel, als sie sich zum Bett durchkämpften. Dann lag er, hörte Knistern und Rascheln und war sich einzig der Angst bewusst, hier allein liegen zu müssen. Zu Unrecht.

Frau Ellenried hatte sich ihres Hemdes entledigt, wie er bemerkte, als sie die Lampe anknipste und der Staub der Bücher sich gesetzt hatte. Es war nicht viel dran an ihr und mit der Riesin aus seinen Träumen hatte sie nichts gemein. Sie schob ihn zurecht und schlug ihm leicht auf den Kopf, als er die Augen schließen wollte. »Schau her, mein Kleiner!« sagte sie. »Ich zeige dir den Mittelpunkt der Welt«, sie schob ihn sachte abwärts. »Gerechter Himmel«, dachte Hubert, aber schon bog sie die Lampe zurecht, um das, was sie ihm darbot, gut zu beleuchten. Verblüfft bemerkte er, dass er äußerst begierig war, den Mittelpunkt der Welt zu sehen, dass er unbedingt sehen musste, ja, sich immer gewünscht hatte, diese terra incognita sattsam ins Auge zu fassen. Frau Ellenried gurrte leise, als er sich nach einigen langen, verzückten Blicken daran machte, zögernd in den wenigen Seiten dieses kleinen

Büchleins zu blättern. Alles, was er bisher über diese Bändchen in Erfahrung gebracht hatte, wurde dieser Liebhaberausgabe unter seinen Fingern keinesfalls gerecht. Welch köstliche Farbschattierungen, welch betörender Geruch, aber zum Schwelgen blieb nicht viel Zeit. Frau Ellenried forderte ihn mit sparsamen Bewegungen, halben Lauten und sanften Klapsen auf, sich noch tiefer zu versenken und nicht nur die Finger zu gebrauchen. Das tat er. »Doucement, doucement«, murmelte Frau Elfenried. »Sachte, sachte, mein kleiner Forscher.« Am Ende zog sie ihn über sich und bereitete so seinem Wissensdurst ein Ende. Aber das war erst der Anfang. Aus dem Forscher wurde ein blinder Taucher, aus dem Taucher ein atemloser Eroberer, aus dem Eroberer ein siegtrunkener Held. Der Held wurde selbstverständlich zum König gekrönt. Das Volk jubelte ihm zu. Chöre sangen, Goldstaub schwirrte durch die Luft, heilige Löwen brüllten. Er war kurz davor, sich in die Reihe der Götter einzugliedern.

Hubert wollte jauchzen, aber aus seinem Mund kam nichts weiter als ein hohes Quieken. »Mein Eichkater«, flüsterte Frau Elfenried und brachte ihn so wieder auf die Erde zurück. »Das war hübsch.« Sie zog ihn an den Ohren und tätschelte seinen Hintern. »Es gibt noch viel zu lernen«, versprach sie ihm, und er machte sich sogleich daran. Als er Frau Elfenrieds Studierstube verließ, sangen schon die ersten Vögel.

Er tappte nach Hause, ein König, dessen Hauptstadt gerade erwacht. Seine Untertanen kehrten die Straße, trugen Zeitungen aus und führten Hunde spazieren. Er grüßte sie alle leutselig.

In der Frühdämmerung auf dem knarzenden Sofa, träumte er zum letzten Mal von seiner Riesin. Sie setzte ihn auf ihrem dicht bewachsenen Hügel ab und gab ihm mit einem

Fingerschnippen die Richtung an. Das wäre nicht nötig gewesen.

Am nächsten Morgen, als vier entrüstete gerötete Augenpaare am Frühstückstisch auf ihm ruhten, verschlang er ungerührt vier Spiegeleier. »Ich ziehe aus«, sagte er freundlich, »und bis dahin will ich in meinem Bett schlafen. Tante Lene in allen Ehren.«

Die Frau war schön und tränenüberströmt, sogar ihr leichtes Nachthemd schien durchtränkt von der Feuchtigkeit, die auf ihrem Gesicht wunderbar gleißend im Licht zitterte, wenn sie sich der Lampe zudrehte – und sie drehte sich unablässig hin und her in ihrem Bett. Eigentlich wälzt sie sich, dachte Irma. Bei unsereinem würde man das Wälzen nennen. Sie betupfte ihre Augen und ärgerte sich, wie bröckelig das Papiertaschentuch zwischen ihren Fingern klebte. Die Frau litt, sie litt unsäglich, wortlos und tonlos, aber ihr Gesicht sprach, ihr Körper sprach. Jetzt lag sie still, die Kehle entblößt, das Haar auf den Kissen ausgebreitet.

Neben Irma holte jemand tief Luft. Ihr rascher Blick traf die glitzernden Augen eines verlegenen Mannes, der, tief in seinen Sitz gerutscht, neben ihr hockte. Sie schauten beide rasch wieder weg, und schon ging's weiter … Der bärtige Mann, der jetzt das flimmernde Rechteck der Leinwand füllte – es war nicht groß, nicht größer als ein Fernsehbild –, der bleiche bärtige Mann also schritt in einem Zimmer auf und ab, hin und her vor dem großen, mit Pergamentrollen und Büchern übersäten Schreibtisch. Hinter dem Globus blieb er stehen und zog mit seinem Zeigefinger eine langsame träumerische Kurve über Meer und Land. Seine Augen, Augen, in denen deutlich das Licht erloschen war, blickten in den Zuschauerraum, auch er litt, litt, wie eben Männer leiden. Auf seiner Backe zuckte ein Muskel. Irma ertappte sich bei der Frage, wie er das wohl zuwege brachte. Immer wieder kam sie aus dem Tritt. Sie konnte sich nicht so richtig einlassen auf die Qualen, die man ihr vorführte, obwohl sie sich das so sehnlich wünschte, wie jemand, der darauf wartet, dass die Betäubungsspritze endlich wirkt. Sie kaute ein Gummibärchen und hätte es gerne ausgespuckt, im weiten Bogen über all die blöden Köpfe hin.

Zu Hause stand ein Topf Gulasch und ein Topf Eiernudeln. Er hatte angerufen und gesagt, er käme nicht, er käme nie mehr ... Irmas Augen wollten sich mit Tränen füllen, aber gottlob riss sie die anschwellende und unheilschwangere Musik aus der von Gulaschduft geschwängerten Luft ihrer abendlichen Küche, in der sie sich gerade nach dem großen Fleischmesser greifen sah. Da saß sie, saß im Kino, und die Musik schwemmte sie erneut an das Bett der Frau, die soeben mit versteinertem Gesicht perlgraue Tabletten aus einem Fläschchen zählte und sie zu einer kleinen Reihe auf dem Laken ordnete. Auch sie wurde dabei von Erinnerungen überflutet, und Irma sah sie durch den Park laufen, barfuß und im Unterkleid, sah den blassen Mann, der mittlerweile vom Globus losgekommen war und hoch zu Roß zwischen den blühenden Apfelbäumen auftauchte, sah, wie er die Frau zu sich aufs Pferd hob, mit einem Arm und so geschickt, als täte er das nicht zum ersten Mal. Nun groß und bildfüllend übermächtig die beiden Gesichter, die sich zögernd ineinander passten. Millimeter für Millimeter, und die doch genügend Abstand hielten, um Irma eine genaue Beobachtung des Lippenspiels zu ermöglichen.

Jemand stöhnte neben Irma. Der Mann an ihrer Seite schnäuzte sich in sein Taschentuch. Er suchte Irmas Blick, aber die senkte den Kopf und ließ ihren Tränen freien Lauf. So war das. Auch das Unheil der Liebenden nahm seinen Lauf.

Der Mann, der neben ihr gestöhnt hatte, wirkte in der trüben Beleuchtung der Eingangshalle ohne Farbe, als sei er ein soeben der Leinwand entsprungener Kleindarsteller, einer von denen, die auf dem Hügel gestanden hatten neben den Bauern, der zugesehen hatte, wie der blasse Mann die tote Frau langsam über die Wiese trug. Ihr Haar eine flüssige Fahne, in der der Wind spielte. Er gab Irma Feuer, als sie mit den anderen betäubt auf die Straße traten. Es hatte zu regnen begonnen, und die Leute liefen so eilig auseinander, als wollten sie Irma und den Mann nicht stören bei der Szene, die nun kommen und die alles fortsetzen sollte.

Irma besah ihr Gesicht im Taschenspiegel und zwinkerte ungeduldig mit den Augen. Er knöpfte an seinem Mantel herum. Wassertropfen hingen an seiner Brille. Das Vordach hielt den Regen nur wenig ab. Irma wartete nervös, und der Mann, als habe er ihre Gedanken gelesen, räusperte sich und sagte: »Zu mir?«

Er hatte viele graue Locken, obwohl sein Gesicht jung aussah in seiner Verlegenheit. »Machen Sie das immer so?« fragte Irma, und er fasste sie leicht am Ellbogen und nickte. »Nach so einem Film wird man tollkühn«, sagte er. Das gefiel Irma, und nach Hause wollte sie unter keinen Umständen.

In seiner Wohnung roch es nach Farbe, Plastikplanen hingen überall, und das Licht ging nicht an. Sie stolperten über Holzstapel und wateten durch raschelnde Sägespanhaufen. »Das Schlafzimmer ist okay«, sagte er im Dunkeln dicht neben ihr, »und das ist Artus.«

Artus streckte sich im Lichtviereck des Fensters auf dem Lager, ein großer Schatten, den Irma beim Näherkommen als Schäferhund erkannte und der nur ungern Platz machte, als sie sich auf den Rand der Matratze setzte. Das Laken war warm von seiner Hundewärme, schon ging das Licht an – ein Punktstrahler, der die Wand beleuchtete, an der Tapetenfetzen hingen, schon hatte Irma ein schweres Glas mit Wodka in der Hand, schon saß der Mann neben ihr und seufzte, wie vorher im Kino. »Musik?« fragte Irma zaghaft, aber er schüttelte den Kopf und wies auf einen mit Folie zugedeckten Stapel in der Mitte des Zimmers. Irma fühlte sich starr werden. Sie schluckte den warmen Schnaps hastig. Nur jetzt keine Tränen, sagte sie sich. Du ziehst das jetzt durch. Vielleicht rief er ja noch mal an, spät, und wollte zu ihr ins Bett kriechen, reumütig und nach Gasthausluft riechend, wie so oft. Seine unsicheren Schritte im Gang …

Hände arbeiteten an ihr herum. Anstellig, agil, aber noch keineswegs versiert. Irma nahm noch ein Glas. Es gefiel ihr, wie er ihr, ohne sie loszulassen, nachgoss, wie er unter dem Kissen ein Päckchen Kondome hervorfingerte und es vor sie aufs Parkett legte, wie er sich nun ihrem Ohr widmete: seine Zunge heiß, sein Atem beredt. Ihr Körper begann zu reagieren, überbrachte, träge erst, dann dringlicher Botschaften aus den verschiedenen Provinzen, ließ wissen, dort bestehe Bereitschaft zu Verhandlungen, Güteraustausch sei erwünscht, Einigung könne erzielt werden.

Artus gähnte und sah gelangweilt zu, wie die fallenden Kleider um ihn herum niedergingen und liegen blieben. Er kauerte neben der Matratze auf einer Decke, in die rosa Hasen und Kleeblätter gewebt waren. Er leckte sich den Bauch, als Irma jeden Widerstand aufgab und Platz machte für den erwarteten Zugriff auf ihr Territorium. Da lag sie wie ein großer rosiger Seestern im kalten Schlamm der Laken und konnte sich nicht bewegen, die Augen nicht öffnen.

Was nun kam, kam unerwartet und war überaus kräftezehrend und aufwendig: Ihr Bettgenosse schien es nur kurze Zeit geduldig in einer Lage aushalten zu können. Er war wie jemand, der sich gerade zurechtgelegt hat und dem plötzlich einfällt, dass er noch anderswo dringend etwas erledigen muss. Immer dann, wenn Irma glaubte, endlich gnädig die Besinnung zu verlieren, spannte er die Muskeln, sortierte Beine und Arme, machte alles rückgängig, die Choreographie, die Himmelsrichtung, die Zusammensetzung. Er tat es geschickt und lässig wie ein Orthopäde, der am passiven, hingestreckten Patienten die Beweglichkeit erkrankter Gliedmaßen prüft, um herauszufinden, wo sich die mögliche Blockade befindet. Irma verlor bald die Übersicht, hatte sich eben noch ihr Knie an ihre Wangen gedrückt und ihr Arm sich in die Luft erhoben, lag sie nun mit dem Gesicht auf dem Parkett, und ihre Wirbelsäule knackte, als werde sie zum Rad gebogen, das sogleich vom Bett herunter und über den Boden rollen würde. Sie spürte an sich zitternde Muskeln und Sehnen, von deren Vorhandensein sie nichts geahnt hatte, ihre Glieder schnellten zurück und klatschten gegen Fleisch, polterten gegen die Wand, fegten Kissen vom Bett. Sie hatte aufgegeben, kontinuierlich zu atmen, und kämpfte nur noch darum, ab und zu Luft zu holen, so beschäftigt, verlor sie jedes Zeit- und Ortsgefühl. Und es dauerte fort und fort. Um sie waren ein schneller Wechsel von Hell und Dunkel, Keuchen und Ächzen und die kreatürlichen Geräusche von schwitzenden Körpern, die aufeinanderprallen und sich schmatzend voneinander lösen. Es war ihr unmöglich, die knappen Befehle zu verstehen oder zu befolgen, die ihr von unerwarteten Stellen des Kampflagers erteilt wurden. Einmal glaubte sie, der Hund hielte sie am Nacken gefasst, einmal meinte sie nasses Fell zu riechen, aber Artus mischte sich nicht ins Getümmel.

In der plötzliche Stille, die eintrat und sich über die verschränkten Körper senkte, mit fernem Autogehupe und dem Ticken einer Uhr neben ihrem Kopf, verlangte Irma nach Wasser und prüfte behutsam die Beweglichkeit ihrer Gelenke. Sie trank schnaubend, in unbequemer Lage, und ließ sich dann erschöpft von dem offenbar zufriedenen und nun ganz anschmiegsamen Turnmeister zurechtlegen. Sie hatte überlebt, wenn auch angeschlagen. An seinem vor Stolz geröteten Gesicht las sie ab, dass er sein Repertoire erschöpfend und erfolgreich auf sie losgelassen hatte.

Irma wollte weg, aber etwas in ihr sträubte sich gegen den Gedanken, so gänzlich unerlöst aus diesen Anstrengungen hervorzugehen. Sie beruhigte sich und beschloss, nach einer kleinen Rast genau kundzutun, dass und wie kommende Verstrickungen unter ihrer Regie zu gestalten wären.

Ihr Bettkumpan umfasste sie inniger, und sie ließ es geschehen. Er küsste Nacken und Schultern und murmelte, den Mund an ihrer Haut, Liebkosungen, die Irma begehrlich aufsog. Ich bleibe die Nacht über bei ihm, dachte sie und streckte sich. Diesem Dreckskerl zu Hause wollte sie es zeigen. Sie war sich nun ganz sicher, dass er vor ihrem leeren Bett kniete und nach ihr wimmerte. Als das Telefon läutete, glaubte sie eine Sekunde lang, er wäre es, der anrief.

Es war eine Frau. Die Frau weinte, Irma versuchte, sich großzügig und weltgewandt wegzudrehen, und hoffte auf den kurzen Prozess, den ein Mann in den Armen einer Frau mit einer anderen macht, die ihn dabei stört. Aber nichts dergleichen geschah.

Irma rauchte und lachte nur widerwillig, aber sie musste die Stimme der Frau immer deutlicher hören. Die Frau schrie, die Frau schluchzte, die Frau wollte nicht mehr leben, die

Frau ertrug es nicht mehr, wie man mit ihr umging. Die Frau liebte, liebte, liebte, war am Ende, konnte nicht mehr, drohte, bettelte, sie war zu allem fähig, jetzt, jetzt gleich. Irma wollte aus dem Bett. Sie versuchte, mit einer Hand ihre Kleider zu erreichen, aber Artus richtete sich auf und knurrte; als sie ein nacktes Bein ausstreckte, um nach ihrem BH zu angeln, hob er stumm seine Lefzen von den Zähnen, und als Irma sich aufsetzte, duckte er sich zum Sprung.

Das laute Weinen hatte nun aufgehört, und die Männerstimme dicht neben Irma, weich und tief, versicherte der Frau, von ihrem leisen Wimmern unterbrochen, dass alles, alles gut werden würde, dass sie ihm endlich vertrauen müsse, dass er nur an sie denke, bei ihr sei jetzt und immer und immer. Artus legte sich seufzend auf seiner Decke zurecht. Der Mann flüsterte Zärtlichkeiten. Die Frau weinte und stammelte, Irma konnte sie nicht mehr verstehen.

Einmal noch, nur einmal, versuchte Irma verstohlen unter dem Laken zum Rand der Matratze zu rutschen, aber Artus zeigte ihr die Zähne.

GASTSPIELE

»Piacere e Popone
Vuol la sua stagione«

Die ganze Woche über, an ihrem Schreibtisch, vor ihrem Computer, zwischen ihren Akten und Papieren, erlaubte sich Margret, keine Minute daran zu denken. Sie hatte gelesen, wie oft ein erwachsener Mensch tagsüber an Sex dachte. Sie hielt das für eine Erfindung der Psychiaterlobby, lauter Männer, die wahrscheinlich selber unentwegt daran dachten und dies zu einer allumfassenden Schwäche zu deklarieren versuchten. Nicht, dass sie nicht unter gelegentlichen Anfechtungen litt. Sie war im besten Alter – darin gab sie der Statistik recht –, sie war gesund und stand, wie man so sagt, in Saft und Kraft. Mit Augenblicken der Schwäche wurde sie fertig, wie mit den plötzlich auftauchenden Gelüsten nach Nussschokolade oder nach fetter Leberpastete. Sie hatte dem Dämon der Verführung Gestalt verliehen: Sie stellte sich einen fetten gefleckten Hund vor, den sie Uzzi nannte, nach einem ihrer verflossenen Liebhaber, an den sie unnötige Jahre, unnötige Kräfte und völlig unnötige Tränen verschwendet hatte. Tauchte Uzzi auf, wedelnd, triefäugig, sabbernd, und schickte sich an, auf ihren Schoß zu springen, rief sie streng: Platz! und wandte sich wieder dem überschaubaren Gespräch mit ihren Zahlentabellen zu. Auch Männer, die so ungebeten, geschwätzig und exhibitionistisch in ihrem Kopf auftauchten, verwies sie an ihren Platz.

Vielleicht an besonders erfolgreichen Tagen, wenn alles im Büro nur so flutschte, rief sie ihnen ein »Später« zu, und das bedeutete Samstag.

Samstag, besser Samstagnachmittag, wurden Männer zugelassen, ja da waren sie willkommen. Am Samstag verwandelte sich Margret in ein Wesen anderer Art, ein unberechenbares und genusssüchtiges Geschöpf. All das war gut geplant und funktionierte reibungslos. Der Sonntag dann gehörte der Abkühlung und der Hausarbeit. Der Samstag jedoch ragte wie eine wild bewachsene Insel aus der überschaubaren Parklandschaft ihrer Tage.

Am Mittag, nach Einkauf, arrangierten Blumen und einem langen Bad bei anregender Musik, machte sich Margret daran, die Bühne für die Samstagsgäste vorzubereiten. Dazu begab sie sich in ihr frisch bezogenes Bett, denn dort zwischen den Laken empfing sie, wem immer sie gerade zu begegnen wünschte oder aber einen, der gerade vorbeikam. Sie brauchte nur die Augen zu schließen und sich ein wenig zu betasten, und schon lag sie nicht mehr allein.

Die Männer, die sich zu ihr gesellten, waren meistens Fremdlinge, selten jemand, den sie schon kannte oder der sich gar schon in Wirklichkeit zu ihr gelegt hatte. Gelegentlich pickte sie einen Kandidaten heraus, der ihr, aus dem oder jenem Grund, unter der Woche aufgefallen war, und der sich in dem Tiefkühlfach ihrer Erinnerung frischgehalten hatte. Der untersetzte kleine Banker aus der Aufsichtsratssitzung mit den blondbehaarten Händen und den roten Hosenträgern, dessen unschuldig schielende Augen am Ende ihres Resümees treuherzig auf ihr ruhten. Er hatte dazu die Brille abgenommen. Sie fesselte seine goldstaubgepuderten Händchen mit den Hosenträgern auf dem Rücken und knebelte ihn, als er den Mund nicht halten wollte. Er entkam ihr in die Küche, ehe sie ihn zwischen Eisschrank und Geschirrspülmaschine einkeilen konnte. Dort ließ er, nach einigen gut gezielten Klapsen, alles mit sich machen, und als sie später seinen Knebel entfernte, kamen nur noch gestammelte Geständnisse seiner Hingabe heraus.

Es gab natürlich auch altgedientes Personal, das einsprang, wenn sich das von ihrer Phantasie gelieferte Frisch-Material als unergiebig erwies.

Da war der zickige, maulfaule Ramon mit dieser feinen schwarzen Haarlinie, die vom Nabel abwärts führte wie ein Leitfaden, und der sich von ihr, wie selbstverständlich, alle möglichen Wohltaten gefallen ließ, ohne selbst auch nur einen einzigen Schweißtropfen auf der Stirne zu bilden. Wenn sie ihn endlich soweit hatte und er kurzatmig und mit geschlossenen Augen um Erlösung bat, war ihm Margret bereits mehrere Orgasmen voraus und warf ein feuchtes Tuch über die Pracht, um ihn etwas abzukühlen, ehe sie sich wieder an die Arbeit machte. Leider war alles an ihm schon etwas abgegriffen, voraussehbar und deshalb öde. Sie berief Ramon nur noch selten zu sich.

Mit Leo war das anders. Ein Mann, so sommersprossig und hellhäutig wie ein Albino. Er war aus anderem Holz, kam, packte zu, legte sie um und duldete keine Spielereien. Wahrscheinlich war er stumm, jedenfalls hatte sie ihn noch nie reden hören. Er riss an ihren Haaren, biss sie in die Schultern und knurrte drohend, wenn sie ihm den raschen Zutritt verwehren wollte. Sie beeilte sich, ihn aufzunehmen. Die Maße seines prächtigen Eindringlings – Margret stellte ihn sich auch gelegentlich ganz allein und von Leo losgelöst vor, wie ein fein gedrechseltes Kunstobjekt – ließen sie erbeben. Sie hatte ihn noch nie im Zustand des Nichterregtseins gesehen. Leo war ein Meister, sein Werkzeug trug er vor sich her wie ein Zepter. So teilte er die Vorhänge ihres Himmelbetts, ohne die Hände zu benutzen. Margret fragte sich, wie er überhaupt damit durch die Tür gekommen war. Aber auch Leo hatte seine Nachteile. Er war ein Sprinter und erschöpfte sich rasch. So kam es, dass Margret, wenn er unter ihren Händen wegschmolz, sich an besonders geschäftigen Tagen noch einen zweiten Gespielen beschaffen musste. Meist ließ sie den jungen Lackaffen auftreten, den sie im Konzert beobachtet hatte. Er las in der Partitur mit und summte tonlos vor sich hin. Er hatte immer kalte Hände, war aber ein begnadeter Fummler und Küsser, dazu sehr beredt. Er keuchte Liebesgedichte und fasste seine Begierde in wohlgesetzte Worte, wie Margret sie nur aus Romanen kannte. Genau der richtige Nachtisch nach Leos sättigendem Fleischgang. Eines aber war allen von Margrets Samstagsgästen gemein, sie beteten Margret an, vergötterten sie, verzehrten sich nach ihr, waren ihr hörig – und solche Männer gedachte sie auch weiterhin zu rekrutieren.

An diesem Samstag regnete es, und Margret, von einer kleinen Erkältung geschwächt und missmutig, musste sich, kaum lag sie im Bett, dabei ertappen, dass sie einzuschlafen drohte. Sie wies sich an, tief zu atmen, und stand dann noch einmal auf, um die Musik aus einem Film aufzulegen, eine schwellende leise Geigenmusik, von Männerchören unterbrochen.

Plötzlich saß der Mann aus dem Supermarkt auf ihrem Bettrand, in seiner weißen Schürze. Ein kleiner mausiger Kerl, dessen rote Hände weit aus den Manschetten ragten. Er hatte Margret vor einer Stunde den Schinken abgewogen. Jetzt rauchte er, musterte sie scheu. Sie schickte ihn fort. Ramon, den sie unterwegs zwischen Steinen und Ginsterbüschen aufstöberte, lächelte nur träge, winkte ihr zu und verschwand pfeifend im gleißenden Sonnenlicht. Leo ließ sich nicht heranlocken. Der Mann, der die Tierfilme im Fernsehen kommentierte, ein verlässlicher Automat, der einmal angeworfen nie aus dem Takt kam und tickte wie ein kleiner Chronometer, umarmte gerade eine andere Frau und hatte ärgerlicherweise keine Zeit, nicht mal für einen Blick. Es gelang Margret nicht, sich mit ins tierfilmerische Handgemenge zu zwängen, wie sonst gelegentlich. Sie ließ von ihm ab. Als dann noch zu guter Letzt Onkel Edwin, in Shorts und mit ockerbespritzten, knochigen Knien, auf ihrem Bettvorleger stand und »Komm auf Onkel Edwins Schoß«, flüsterte, drehte Margret sich seufzend zur Wand und schlief ein.

Sie erwachte mit einem Gefühl der Niederlage und der Leere. Uzzi kam wedelnd durch die Tür, und mit ihm der Geruch von Spaghetti und Rotwein. Margret raffte sich auf, redete sich gut zu, zog sich an und schminkte sich umständlich. Na schön, sagte sie zu ihrem unzufriedenen Gesicht, noch haben wir unsere Ressourcen nicht ausgeschöpft, meine Liebe.

Im Lokal prüfte sie den neuen Kellner und drei Männer an der Bar, später kam noch ein Zeitungsverkäufer dazu und ein Familienvater mit zwei Kindern und einer verzausten jungen Frau. Alle untauglich. Spaghetti vongole und ein schönes dunkelrotes Glas Rioja. Margret, noch weit davon entfernt aufzugeben, erlaubte Uzzi, sich zu ihren Füßen zusammenzurollen. Die Spaghetti in ihrem Mund verschafften einige Linderung, der Duft der Muscheln jedoch brachte leise Unruhe mit sich. Der Wein floss durch ihre Adern und sammelte sich als roter Stern in ihrem Schoß. Sie faltete die Zeitung auf, die noch nach frischer Druckerschwärze roch, und versuchte zu lesen.

Das Lokal quoll mit einem Mal über vor Menschen, Stimmen und Gelächter, Margret bestellte mehr Wein und einen Salat. Na und, dachte sie und wußte, daß das der Anfang vom Ende war. Sie hasste sich dafür, und Tränen der Wut stiegen ihr in die Augen.

»Is was?«

Ein Mann saß ihr gegenüber. Er hatte seinen Mantel noch an.

»Giorgio sagt, ich könne hier sitzen«, sagte er schüchtern und gleichzeitig dreist.

»Nur zu«, sagte Margret schroff.

Er zog den Mantel aus und hängte ihn auf. Margret maß ihn ab, wie er so zum Tisch zurückstrebte. Mager, grauenhaft angezogen, unrasiert, den Kopf erhoben, als müsse er sein Kinn aus dem Wasser halten. Es war Zeit, nach Hause zu gehen.

Sie sah zu, wie er seinen Fisch zerlegte, musste zusehen. Giorgio reagierte nicht auf ihre Rufe nach der Rechnung.

Sie sah zu, wie er seinen Wein umgoss und seine Tischhälfte mit schmuddeligen Tempotüchern belegte.

»Bin heute nicht in meinem Teller«, sagte er, und sie verstand, was er meinte.

»Was soll ich da sagen.« Margret winkte mit ihrem Geldschein. Giorgio eilte vorbei und stellte ihr dabei geschickt ein neues Glas Wein hin. Sie gab auf, gab das Zahlen auf, den Samstag, sich selbst. Ihr Gegenüber hatte angefangen, den vergangenen Tag und seine Widrigkeiten aufzuzählen. Er griff sich an die Nase, um alles in die richtige Reihenfolge zu bringen, für sie. Sie hörte nicht zu. Er hatte die schreckliche Angewohnheit, sich beim Reden an den Haaren zu zupfen und sie über den Ohren zu kleinen Büscheln zu drehen. Er zermantschte die Kartoffeln zu Brei. Er griff über den Tisch und fasste nach ihrem Arm, als er merkte, dass sie nicht zuhörte. Sie schüttelte ihn ab.

»Sie haben solch traurige Augen«, stammelte er. Dieser Satz drang zu ihr durch.

»Traurig?« rief sie und riss die Augen auf.

»Ich mag eigentlich nur Frauen, die traurig sind. Frauen, die traurig sind und schweigen.«

»Mir geht's gut«, sagte Margret gelassen, denn es war ihr gelungen, Giorgio dingfest zu machen. Sie zahlte.

»Ich könnte Sie trösten.« Wieder wollte er nach ihrer Hand greifen, aber sie war darauf gefasst und stand auf.

»Wir sehen uns wieder«, sagte er und lächelte. Was für einen schönen breiten Mund er hatte.

»Das glaube ich kaum.« Margret stieß sich vom Tisch ab.

Zu Hause fühlte Margret sich fiebrig und gekränkt. Sie erlaubte sich eine kleine Heulerei. Zehn Minuten, mehr nicht. Sie döste ein. Was für ein enttäuschender Samstag.

Sie hatte ihn nicht kommen sehen, erkannte ihn erst, als er den Kopf hob, an dem abstehenden Stirnhaar im Gegenlicht der Lampe. Er lag schon nackt und angenehm kühl an sie geschmiegt in ihrem Bett.

»Mein trauriger Engel, komm her«, sagte er. Seine Bartstoppeln, seine kalte Nase, sein Atem.

»Hau bloß ab!« Margret legte den Kopf an seine Brust und zog die Nase hoch.

»Lass sehen, was wir für dich tun können«, flüsterte er, und das tat er dann auch. Er wusste genau, was er tat. Margret brauchte sich keine Gedanken zu machen, wohin die Reise gehen sollte. Er war ungemein angenehm und vertraut. Sie ließ ihm freie Hand. Er kam zügig zur Sache, brauchte weder

Anweisungen noch Maßregelungen. Margret, begierig wie nach einer Hungersnot, ließ sich füttern. Das Menü hatte viele Gänge. Es war das, was Margret Hausmannskost nannte. Aber was war das für ein Koch! Und wie vollendet servierte er, schenkte nach, las ihr jeden Wunsch von den Augen ab und, keine Frage, es gab noch mehr davon in der Küche, wie sich das gehörte.

Natürlich konnte sie danach nicht schlafen. Natürlich vergaß sie ihren Grundsatz, die Phantasie nicht mit der Realität zu verknüpfen.

Natürlich war er weg, als sie ungeschminkt und gänzlich aus dem Leim gegangen, zurück ins Lokal stürzte, Uzzi auf den Fersen.

Sie bestellte sich noch ein Glas Wein und prüfte die Nachtischkarte.

»Tiramisu und einen Amaretto«, sagte sie. Die Vorstellung, nun bis zum Wochenende warten zu müssen, machte sie hungrig.

Im Supermarkt am nächsten Samstag erlaubte sie sich geradezu entfesselte Käufe, stand lange abwägend und kostend vor der Käsetheke, griff mit beiden Händen in die grell beleuchteten Fleischpakete, kleine eisige Kissen, die sie berauschten mit ihrem Rot, Rosa und Purpur. Sie wählte schlanke Flaschen und untersetzte Kristallballone, in denen goldfarbene Flüssigkeit schwappte. Ach, die kleinen Bananen mit der seidigen Haut, die betauten Trauben in ihrer Rüsche aus weißem Papier, die Erdbeeren mit ihrem warmem Sommergeruch.

Uzzi rieb sich an ihren Waden.

Der junge Mann, der die leeren Pfandflaschen entgegennahm, trug ihr den schweren Karton nach Hause. Schweiß stand auf seiner Stirn, als er ihn auf dem Küchentisch absetzte, und Margret, gerührt und überschwänglich, gab ihm ein viel zu großes Trinkgeld.

In der Badewanne hörte sie Brahms und rasierte sich die Beine. Sie schlief wie ein Säugling, das Kissen im Arm, und stand trällernd auf, um sich anzuziehen. Ein Glas Wein. Eine Duftkerze neben dem Spiegel. Weiße Iris in einer Glasschale. Die kleine Wohnung beobachtete sie bei allem, was sie tat – »An uns soll's nicht liegen«, schienen die beiden Sessel zu rufen. »Immer herein«, lispelte die Lampe. »Nur zu«, flüsterte das Bett.

Im Lokal prüfte sie aus Gewohnheit das vorhandene Männermaterial und gab dem Mann am Fenstertisch, der in einem Buch las, während er seine Suppe löffelte, einen längeren Blick, aber sie vergaß ihn sofort wieder.

Giorgio stellte ein Weinglas vor sie hin. Giorgio stellte einen Teller mit einer Scheibe glänzender Pâté vor sie hin. Ihre Härchen im Nacken richteten sich auf. Sie setzte die Gabel an. Der Mann ging draußen am Fenster vorbei. Der Mann kam durch die Tür. Er hängte seinen Mantel auf und schlenderte durchs Lokal, das erhobene Kinn nachtblau umschattet. Uzzi winselte kurz auf. Margret schob ein großes Stück Pâté in den Mund. Der Mann saß ihr gegenüber und lächelte schüchtern. Seine Haare waren heute glatt zurückgekämmt und lockten sich im Nacken.

Am liebsten hätte Margret auf die Uhr gesehen und gesagt: Ich gebe dir eine halbe Stunde fürs Essen, aber natürlich tat sie nichts dergleichen, und so kam es, dass sie bei der Vorspeise von seinem Ärger mit dem Beamten am Postschalter hörte, die Spaghetti im Beisein seiner geschiedenen Frau verzehrte, die ihm mit ihren Kleinlichkeiten das Leben schwer machte, und zum Fleischgang endlich erfuhr, dass er beim Theater arbeitete: nicht als Regisseur, nicht als Schauspieler, nicht bei der Ausstattung, sondern als etwas, das er schulterzuckend die »Mutter der Kompanie« nannte, der Mann, der die »heißen Kastanien aus dem Feuer holt«. Das alles schien ihr vielversprechend und amüsant und interessierte sie doch nur am Rande. Die meiste Zeit sah sie zu, wie er an seinen Haaren zog, wie er Käse auf seine Linguini verteilte, wie er den Mund öffnete und schloss, wie er Fischgräten von seiner Unterlippe pflückte. Wie schön geformt seine Unterarme aus seinen aufgerollten Hemdsärmeln auftauchten! Beim Trinken schloss er die Augen, und sein Adamsapfel bewegte sich, als habe er ein eigenes Leben.

Nach der Zabaione war es so weit. Ihr war ein wenig schwindlig vom vielen Essen und Trinken und von der erhitzten Luft um den Tisch, die sich nur träge bewegte wie rauchdurchflossenes Gelee. Der Mann, von dem sie nun so viel wusste, auch dass er Edmund hieß, folgte ihr auf die Straße und ging neben ihr her, etwas steif, als wäre er es nicht gewohnt, dass eine Frau sich an seinen Arm hängte.

Was mache ich jetzt, dachte Margret, etwas belebt von der kühlen Nachtluft. Denn dass es an ihr war, den nächsten Schritt zu tun, schien selbstverständlich. Aber er kam ihr zuvor.

»Ich bin so heimatlos heute abend«, sagte er, ohne sie anzusehen. »Natürlich ist das die menschliche Kondition an sich, aber heute fühle ich es besonders.« Als Margret schwieg, sie wollte nicht gierig erscheinen, setzte er hinzu: »Nach so einem wunderbaren Abend …«

»Darf ich Sie beherbergen?« Margrets Stimme schwankte, weil plötzlich die Lust zu lachen in ihre Kehle stieg. Aber er merkte es nicht. Er blieb stehen, drehte Margret langsam zu sich und küsste sie mit einer Entschlossenheit und Dringlichkeit, die Margret, die ihn zuvor etwas beunruhigt dabei beobachtet hatte, wie zerstreut und unkonzentriert er sich den Speisen näherte, angenehm überraschten.

»Bingo«, sagte Uzzi, denn gelegentlich, nach ein paar Gläsern, sprach er auch, Margret wusste, dass er jetzt wedelte, aber sie hatte keine Zeit, sich um ihn zu kümmern.

Der Mann, der Edmund hieß, durchquerte die Wohnung in langen Schritten und zielsicher, als hätte er das schon oft getan. Er legte sich aufs Bett, so wie er war, in Mantel und Schuhen. Wenn er einen Hut aufhätte, würde er ihn über die Augen schieben, dachte Margret kurz, aber sie war schon dabei, ihm die Schnürsenkel aufzuknoten, die Schuhe von den Füßen zu ziehen, ihm den Mantel abzuschälen, die Jacke. Er half nicht allzu sehr dabei, aber ließ kein Auge von ihrem Gesicht, und als sie sich an die Gürtelschnalle machte, brachte er sie mit einem langen Kuss so aus dem Konzept, dass sie eine Weile keuchend neben ihm liegen bleiben musste.

»Bleib einfach so«, sagte er, aber Margret konnte nicht warten. Sie selbst, schon im Unterkleid und mit befreitem Haar, zitterte wie ein Kind, das man davon abhalten will, ein Geburtstagsgeschenk auszupacken. Nun die Hose! Das war nicht leicht, sie warf sie im Bogen irgendwohin und legte ihr Gesicht auf die geringelte Unterhose – weiß-rot, wie eines von diesen Dingern, die auf Brücken die Windrichtung anzeigen, schoss es ihr durch den Kopf. Aber noch regte sich kein Lüftchen. Das Hemd nun. Er zog ihr Gesicht an seine Brust, und sie verteilte hastige feuchte Küsschen in sein spärlich gelocktes Brusthaar. Er spürte ihre Ungeduld und küsste sie erneut und ausschweifend. Margret zerrte unbeherrscht alles vom Leibe, was sie noch von ihm trennte, hörte Stoff reißen, hörte ihre stürmischen Atemzüge. Mit den Zehen griff sie nach dem Bund der letzten, rot-geringelten Barriere, und es gelang ihr, blind und die Lippe zwischen seinen Zähnen gefangen, die Hose mit einem kräftigen Ruck ihres Beines bis hinunter zu seinen Knien zu stoßen. Dort störte sie nicht weiter. Noch nicht. Sie lag auf ihm, er lag ganz still. Nichts regte sich. Das ganze Zimmer schien Atem zu holen.

»Erzähl mir was«, sagte er. Margret, die gerade dabei war, ihm ihre linke Brust ins Gesicht zu reiben, fragte etwas barsch: »Was willst du hören?«

»Diese Frau soll kommen. Diese Frau aus der Kneipe gerade, die am Tisch neben uns, die mit dem ordinären Mund, du hast sie doch immer angeschaut.«

Margret hatte sie angeschaut. Eine fürchterliche Person, opulent, in ein türkises Jäckchen gekeilt, mit einem Lachen wie eine Hyäne.

Margret wollte aussteigen, sofort, so war das nicht ausgemacht. Aber seine Finger, seine beredten Finger hatten die richtige Stelle gefunden, und sein Mund umschloss ihre Brustspitze wie eine warme Blüte.

Die Frau in dem türkisen Jäckchen kam durch die Tür.

»Was hat sie an?«

»Einen sehr kurzen Rock.«

»Strümpfe? Netzstrümpfe?«

»Ja.«

»Und darunter?«

»Lachsfarbene Unterwäsche.«

Reglosigkeit.

»Cognacfarbene Spitze?«

Keine Reaktion.

»Einen schwarzen Body?«

Was für ein Kuss zur Antwort.

Die Frau war verrückt nach Edmund. Sie rieb sich samt ihrem schwarzen Body an ihm wie eine rollige Raubkatze, sie war gelenkig wie ein Beuteltier auf einem Ast, einem prächtigen saftigen Ast. Margret ertastete den Ast und schwang sich ohne zu zaudern hinauf. Jetzt kam Wind auf, ja doch, und der Baum wurde vom Sturm geschüttelt, das Klatschen der Blätter umgab Margret so laut, dass sie nichts mehr hörte, aber nur kurz, dann kam sie wieder auf den Boden, den ebenen und trockenen Erdboden.

Draußen auf dem Gang leckte sich Uzzi geräuschvoll den Bauch.

»Was macht sie?«

»Sie hat nichts mehr an«, keuchte Margret.

»Ihre Brüste?«

»Riesengroß, mit himbeerroten Warzen!«

Das schien ihm zu gefallen.

»Ich will dahin, zwischen ihre großen Brüste.« Das war ein Befehl.

Die Frau mit den riesigen Brüsten beugte sich über die schlafende Schlange und belebte sie mit ihrem Atem – was für ein königliches Tier, und wie sie sich wiegte. Sie fing sie ein, diese Schlange, schnappte nach ihr mit den beiden schneeweißen Polstern, die sie mit den Händen zusammendrückte, um das gefangene, sich aufbäumende Tier. Margret, nach kurzem Zögern, versuchte das Tier in ihre Falle zu locken, sie wollte es dort einsperren und festhalten, um es sich einzuverleiben. Kurze Zeit gelang das auch, und schon wollte sie sich beglückwünschen, und schon hatte sie einen brauchbaren Rhythmus gefunden, um das Tier zu streicheln und zu beschwören, doch sie schien nicht geschaffen zum Schlangenbeschwörer, das Tier stellte sich tot, entglitt ihr.

»Was ist los?« zischte Margret.

»Was sagt sie?«

»Sie sagt, du sollst sie jetzt endlich ...« Er erstickte das Wort mit seinem Mund. Sein harmloser Daumen war kein Ersatz für eine Klapperschlange. Und so ging es weiter.

Die Frau verzehrte sich nach Edmund, die Frau hielt allem stand, was Edmund ihr antat. Er wurde immer grober und immer wütender, auch Margret, von seinem gerechten Zorn angesteckt und eifrig, hasste die Frau immer mehr und bereitete ihr die reinste Hölle. Die jedoch blieb unversehrt und nahm keinen Schaden. Die Fesseln, die man ihr anlegte, hinterließen keine Druckstellen, sie ermüdete nicht, sie lachte über die Martergriffe und das ziellose Handgemenge. Sie triumphierte.

Nicht dass Margret leer ausging. Es gelang ihr am Weg, die eine oder andere Entspannung zu finden, aber das waren Nebenprodukte und keineswegs für sie gedacht. Auch als sie diese Frau gänzlich unterwarf, sie durch einen rasenden Höhepunkt peitschte, japsend auf dem Bauch liegend, die Beine gespreizt wie ein galvanisierter Frosch und ein entfesselter Edmund über ihr, auf seine Arme gestemmt, den Kopf gesenkt, gelang es nicht, sie endgültig zu besiegen.

»Wie sehe ich aus?«

»Wie ein Stier!« Langsam gingen Margret die guten Bilder aus. Margret hörte sich mit der Stimme der Frau Worte brüllen, von deren Existenz in ihrem Kopf sie nicht gewusst hatte, aber auch da gelang es nicht, auf dem Stier zu bleiben, sie wurde abgeworfen wie ein ungeübter Cowboy bei einem Rodeo.

Danach trat eine lange Stille ein, die in Margrets Ohren knackte, als habe sie sich beim Schreien die Kiefer ausgerenkt.

Sie warf einen letzten lieblosen Blick auf den friedlich daliegenden Verursacher all ihrer Mühen: ein nacktes Küken im traulichen Nest krauser Haare. Sie hob es mit zwei Fingern hoch – einen Fremdkörper, den man verblüfft in seinem eigenen Bett findet und von dem man nicht genau weiß, zu was er dient. Und siehe, er widersetzte sich dieser Verachtung, erhob sich für einen Augenblick zu seiner ganzen Größe und sonderte trotzig eine Perlenkette von milchigen Tropfen ab, ehe er zurücksank.

»Ist sie weg? fragte Edmund nach einer Weile schwach.

»Ja, sie ist weg«, sagte Margret böse. »Du bist auch gleich weg.«

Und gehorsam erhob er sich sogleich und sammelte seine Kleider ein. Margret rollte sich erst unter der Decke zusammen, nachdem sie die Tür hatte zufallen hören. Sie atmete tief und trank dann abwesend die beiden Weingläser leer, die sie neben die Duftkerze gestellt hatte – vor Stunden. Der Wein war warm.

Uzzi, der zu ihr unter die Decke kriechen wollte, gab sie einen Tritt.